Tiro Certeiro

JACK HIGGINS E JUSTIN RICHARDS

TIRO CERTEIRO

Tradução
OTACÍLIO NUNES JR.

Esta obra foi publicada originalmente em inglês com o título
SURE FIRE
por HarperCollins Publishers Ltd.
Copyright © Harry Patterson 2006 para o texto
Copyright © 2011 para a tradução publicada com autorização de HarperCollins Publishers Ltd.
Todos os direitos reservados. Este livro não pode se reproduzido, no todo ou em parte, armazenado em sistemas eletrônicos recuperáveis nem transmitido por nenhuma forma ou meio eletrônico, mecânico ou outros, sem a prévia autorização por escrito do Editor.
Copyright © 2011 Editora WMF Martins Fontes Ltda.,
São Paulo, para a presente edição.

1ª edição 2011

Tradução
OTACÍLIO NUNES JUNIOR

Acompanhamento editorial
Márcia Leme
Preparação do original
Lídia La Marck
Revisões gráficas
Bárbara Borges
Marisa Rosa Teixeira
Edição de arte
Katia Harumi Terasaka
Produção gráfica
Geraldo Alves
Paginação
Studio 3 Desenvolvimento Editorial

Dados Internacionais de Catalogação na Publicação (CIP)
(Câmara Brasileira do Livro, SP, Brasil)

Higgins, Jack
 Tiro certeiro / Jack Higgins e Justin Richards ; tradução Otacílio Nunes Jr.. – São Paulo : Editora WMF Martins Fontes, 2011.

 Título original: Sure fire
 ISBN 978-85-7827-399-6

 1. Ficção inglesa I. Richards, Justin. II. Título.

11-02921   CDD-823

Índices para catálogo sistemático:
1. Ficção : Literatura inglesa   823

Todos os direitos desta edição reservados à
Editora WMF Martins Fontes Ltda.
Rua Conselheiro Ramalho, 330 01325.000 São Paulo SP Brasil
Tel. (11) 3293.8150 Fax (11) 3101.1042
e-mail: info@wmfmartinsfontes.com.br http://www.wmfmartinsfontes.com.br

PRÓLOGO

Dois intrusos deslocavam-se pelo armazém de petróleo, figuras escuras na noite negra.

Um deles rastejava como uma pantera, silenciosa e perigosa, abrindo caminho entre a selva de canos e cabos, passagens e escadas. O outro mancava e andava com o auxílio de uma bengala. Enormes tanques circulares de metal se erguiam de cada um dos lados dos dois vultos enquanto eles seguiam em direção a seu alvo.

– O interferidor parece estar funcionando – sussurrou o coxo, consultando um pequeno dispositivo que levava preso ao pulso como relógio. No lugar onde deveria estar o mostrador, piscava uma luzinha vermelha.

Em silêncio, o colega concordou. Mal se percebia seu sorriso sob a escura maquiagem que lhe camuflava o rosto.

– Não podemos vacilar neste trabalho. Vamos logo. Se ficarmos muito tempo no mesmo lugar, eles vão se dar conta de que há algo errado.

O interferidor servia para distorcer a conexão sem fio entre as câmeras próximas dos invasores e a central de segurança, que ficava do outro lado do complexo. Assim, os monitores da central de segurança perderiam o sinal de forma aparentemente acidental.

Os dois homens pararam. O da bengala ligou o interferidor:

– Não há nenhuma câmera aqui... é um ponto cego. Estaremos seguros por alguns instantes.

O outro concordou com a cabeça:

– Vamos dar uma olhada no mapa.

Desdobraram, no chão, um detalhado mapa do complexo. O homem sem bengala tirou algo do bolso da calça preta: um maço de cigarros e um isqueiro.

– Está brincando! – disse o da bengala. – Você não pode acender cigarro aqui, John.

John sorriu:

– Porque o cigarro é prejudicial à saúde, Dex? É que eu não trouxe lanterna... o isqueiro é para a gente conseguir ler o mapa.

– Sei. Bem, eu realmente me preocupo com a minha saúde. E com a sua. – Dex tirou uma lanterna do tamanho de uma caneta e a acendeu. – Agora pare de perder tempo e guarde esse isqueiro.

Quando John guardou o isqueiro, ele refletiu o facho de luz da lanterninha e, por um segundo, pôde-se ver uma gravação na lateral da lanterna: o contorno de um coração.

– Você sempre foi o mais precavido – disse John.

– Para o meu próprio bem – murmurou Dex. – A única vez que tentei fazer as coisas do seu jeito, veja o que aconteceu. – Ele bateu a bengala na perna.

John aparentemente não notou. Estava traçando com o dedo uma rota no mapa:

– Parece bem fácil. Ligue de novo o interferidor. Vamos fazer o que temos de fazer e cair fora daqui.

O prédio que eles visavam era uma espécie de caixa de concreto, sem janelas e com uma única porta de metal. Uma luz vermelha de segurança instalada acima do vão da porta iluminava um guarda uniformizado, parado do lado de fora. A sombra de um coldre no flanco esquerdo do guarda deixou claro para os invasores que ele estava armado.

– Dava no mesmo se eles pusessem um aviso – sussurrou John. – "O material que vale a pena roubar está aqui. Volto em um instante." – Como um fantasma, ele desapareceu na noite.

Alguns segundos depois, um ruído como o de uma pedra batendo no chão fez o guarda sair de seu posto. Ele sacou a arma e caminhou com cuidado ao longo da frente do prédio. Do lado oposto, uma sombra escura se deslocou depressa, erguendo-se sorrateiramente atrás dele. O guarda só a percebeu quando um lenço foi apertado contra sua boca.

John deitou o guarda desacordado no chão, em uma área sombreada ao lado do prédio. Guardou o lenço encharcado de anestésico em um saquinho plástico, que selou e enfiou no bolso. Dex se ajoelhou desajeitadamente perto da porta e começou a forçar a fechadura.

– Pode segurar minha bengala, por favor? – pediu. – E tente não balançar a lanterna.

Quando a porta se abriu, a luz vermelha iluminou o interior do edifício. John ajudou o amigo a se levantar e lhe devolveu a bengala. Depois lhe deu um dispositivo para acoplar à cabeça: óculos infravermelhos presos a um conjunto de alças que se encaixavam precisamente na cabeça, firmando os óculos.

Através dos óculos era possível enxergar com notável clareza uma sala grande cortada em todas as direções por canos que atravessavam as paredes. No centro dessa sala havia uma bancada comprida e estreita com vários objetos de vidro, como em um laboratório escolar de ciências. Ao longo de uma das paredes estavam os equipamentos eletrônicos avançados: computadores, centrífugas e analisadores espectroscópicos. Na outra extremidade da sala havia vários tanques em formato de tambor – versões menores dos enormes tanques de petróleo do lado de fora – interligados por canos estreitos, que por sua vez se ligavam a um duto maior que atravessava uma das paredes laterais.

– Você põe a carga no duto – John sussurrou, entregando a Dex um dispositivo compacto: uma caixa toda preta com uma telinha instalada em um dos lados. – Eu recolho a amostra.

Dex pegou o dispositivo e encontrou o ponto em que vários dos canos convergiam e se ligavam. Começou a trabalhar, prendendo o dispositivo abaixo de uma das válvulas onde se uniam os canos finos dos tanques.

Enquanto isso, John examinava os tanques do outro lado da sala. Com cuidado, desparafusou a tampa de um deles e viu que estava cheio de um líquido claro e viscoso. Procurou com os olhos, na bancada, algo onde pudesse colocar a amostra do líquido. Havia tubos de ensaio, béqueres e potes, mas eram todos de vidro. Olhou pela sala à procura de algum objeto que pudesse usar.

Instalada no alto em um dos cantos das paredes, uma câmera de vídeo virou-se lentamente em direção a ele. Um fio fino saía da câmera e desaparecia no teto. John olhou para a minúscula luz vermelha no alto da câmera e para o fio que saía de trás dela. A câmera deu uma volta completa até apontar diretamente para ele.

– Temos um probleminha – disse John, pegando o único recipiente em que conseguiu pensar e o colocando no tambor aberto. – É melhor você se apressar.

O som agudo e repentino das sirenes disparou. Dex fez sinal de positivo com a mão para John e os dois correram em direção à porta.

– Essa câmera deve ter ligação direta com a central de segurança – disse Dex. – Por isso o interferidor não funcionou.

Os passos e os gritos dos guardas soavam atrás deles.

Como Dex estava mancando muito, John teve de ajudá-lo.

– Pode me deixar aqui – disse Dex. – Estou só atrapalhando.

– Não o deixei no Afeganistão e não vou deixá-lo agora. Se for preciso, jogo você por cima da cerca.

Holofotes se acenderam.

– Eles não podem atirar – disse Dex, ofegante. – Não com todo esse combustível aqui.

Antes que John conseguisse responder, ouviram um estampido alto vindo de trás, e uma bala ricocheteou no piso de concreto perto dos pés deles.

– Talvez alguém precise avisá-los disso – disse John. – Vamos!

A central de segurança estava um caos. Guardas uniformizados berravam em rádios e telefones. Outros corriam de um monitor a outro, ajustando as câmeras. Foi quando a porta se abriu e um homem entrou. A sala ficou em silêncio.

– Alguém diga àqueles idiotas que parem de atirar – disse com um leve sotaque irlandês.

Ele não falava alto, mas suas palavras podiam ser ouvidas em todo o recinto. Era baixo, muito magro e usava calças *jeans* e um suéter escuro simples. Suas feições eram delicadas e angulosas, o cabelo grisalho e cortado rente à cabeça. Abaixo de seu olho esquerdo destacava-se uma cicatriz redonda que irradiava linhas claras, desenhando em seu rosto uma aranha pálida.

– Quero esses invasores presos – ele ordenou. – Quero saber o que estavam fazendo e quem os enviou. E quero falar com eles antes de morrerem.

Ninguém ali tinha a menor dúvida de que os intrusos morreriam assim que o homem pusesse as mãos neles. O nome dele era Ryan Stabb*, mas todos o chamavam pelo sobrenome, que, como o dono, era pequeno e rude.

– Por que essa câmera não está funcionando? – perguntou Stabb, apontando para uma tela estática. Enquanto ele falava, a tela voltou a funcionar.

– Não sei, senhor – disse o guarda no console principal. – Todas as câmeras perdem o sinal por alguns segundos de vez em quando. Isso sempre acontece em dias de tempestade.

– Hoje não está caindo tempestade nenhuma – observou Stabb. – Mas vai cair uma se vocês não os pegarem. Eles devem ter um interferidor. É por isso que as câmeras perdem o sinal. – Ele se inclinou ao lado do guarda e bateu o dedo em um dos monitores quando a imagem sumiu da tela. – É aí que eles estão. Vocês podem rastreá-los verificando as câmeras que são afetadas, descobrir aonde estão indo e detê-los.

Os invasores ouviram o latido antes de ver a forma escura do cachorro surgir da escuridão. O cão avançou em direção a eles, seus dentes cintilaram à luz dos holofotes quando ele abriu a mandíbula, preparando a mordida.

Dex praguejou, mas John encarou o cachorro e levantou os braços. Deu um assobio estranho, muito agudo. Quando

---

* Referência à palavra homófona, em inglês, *stab*, que significa "punhalada". (N. do T.)

baixou os braços, o cachorro diminuiu a marcha. Parou em frente a John, arfando muito, mas com a boca fechada. John se abaixou ao lado do cão e estendeu a mão para a coleira de couro.

– Muito bem, garoto! – disse John. – Aprendi isso com um velho irlandês que frequentava o mesmo *pub* que eu.

– Acabe logo com isso – disse Dex.

– Já acabou – garantiu John. – Não é, meu velho? Vá embora. – Ele acariciou o pelo do cachorro e, com um gesto, mandou-o embora. O animal saiu correndo para a escuridão.

– Certo. Vamos por aqui, acho. – E John voltou pelo corredor entre vários tanques de armazenagem de petróleo.

– Vocês estão bem perto deles – alertou o guarda no microfone. – A câmera 11B acabou de perder o sinal. Tudo indica que eles estão indo para a saída sul, ou para os canis.
– Ele se virou para Stabb e sorriu, mas Stabb não devolveu o sorriso.

– Eles estão avançando muito rápido. Devem estar correndo – disse o guarda, olhando de novo para os monitores.

– Mas eles devem saber que há guardas nos portões principais – observou Stabb. – O que esses caras estão querendo?
– Com uma careta, olhou para o console de controle quando outro monitor passou a exibir o chuvisco. – O que eles estavam fazendo no laboratório? Vocês já fizeram uma busca lá?

– Eles saíram do local assim que os vimos, senhor – disse outro guarda. – Não adianta procurá-los lá.

– Não é para procurar por eles – disse Stabb. – Eu quero saber o que eles estavam fazendo.
– Sabotagem? – perguntou o guarda.
– Inspecionem o laboratório – disse Stabb. – Aquela é a única amostra tratada que temos. – Pensou um pouco antes de decidir: – Bombeiem a amostra. Transfiram para outro tanque de armazenagem, fora do laboratório. Só por precaução.
– Qual tanque, senhor?
– Tanto faz – respondeu Stabb.
– O número três está vazio e esterilizado – disse o guarda. – Vou ver quais válvulas precisam ser abertas.
– Faça isso – ordenou Stabb. – Agora.

Um guarda que estava vigiando os monitores de outro lugar da sala disse com satisfação ao microfone:
– É isso. Vocês vão pegá-los agora. Eles estão indo bem em sua direção!

Os dois seguranças estavam com as armas apontadas. Ouviram o barulho de algo se movendo muito depressa em direção a eles, saindo do clarão dos holofotes.
– Você está pronto? – perguntou o chefe.
– Pronto para tudo – disse o homem ao lado dele.
Então os dois olharam atônitos quando uma forma surgiu do clarão e se aproximou deles.

Seguindo as ordens de Stabb, uma válvula dentro do laboratório foi aberta por comando remoto da central de segurança. O fluido claro e viscoso começou a escorrer lentamente de um dos tambores, pelo cano, em direção à junção onde estava presa a caixa-preta.

Uma luz fluorescente fria piscava dentro da sala quando os guardas entraram.

– Que diabo é isso? – perguntou um guarda, inclinando-se para examinar a caixa-preta.

– Não toque nisso – avisou outro.

– Tudo bem. Não parece estar ativado.

– Qualquer coisa pode detoná-lo. Detonação remota, mudança de temperatura... Tome cuidado.

O guarda se inclinou para a frente para remover a caixa-preta do cano.

– Um cachorro?

Stabb olhava fixamente para a imagem no monitor. Um segurança prendia pela coleira um grande cão alsaciano. Em outra mão, segurava o que parecia ser um relógio de pulso.

– Isto estava preso na pata dele. Eu o desliguei.

Stabb não disse uma palavra. Estava pensando. Se os invasores eram tão inteligentes, provavelmente previram cada detalhe da reação dos guardas.

– Parem de bombear! – ele gritou. – Fechem as válvulas do tambor da amostra AGORA!

No laboratório, o fluido claro alcançou a válvula aberta que levava ao oleoduto principal.

Enquanto ele escorria, um minúsculo circuito na caixa-preta presa na parte externa do mesmo cano registrava a vibração no metal do cano – uma vibração característica, que só podia ser causada pelo movimento do fluido sob pressão. O circuito enviou um sinal para outro componente da caixa.

O guarda deu um pulo para trás quando o mostrador acendeu. Nele aparecia um número: 10.

– Mas o que... – A voz do guarda sumiu quando o 10 se tornou 9.

Então ele correu, agarrando o colega pelo braço e o puxando em direção à porta.

8.

Em uma pequena via secundária fora do complexo havia um carro encostado. Um carro bem ordinário, de marca comum, modelo normal, cor indefinida. Dentro dele estavam dois homens que não tinham nada de comum.

John estava fumando.

– Vamos esperar um pouco – disse a Dex, que estava no banco do passageiro. – Até eles se descuidarem.

– Pode acontecer a qualquer momento, se eles estiverem investigando.

Toda a central de segurança estremeceu com o impacto da explosão. Monitores piscaram e apagaram. Os que permaneceram ligados mostraram a bola de fogo rasgando o centro da instalação e uma bola de fumaça preta enchendo o ar.

Stabb se esforçou para manter o equilíbrio quando outra explosão, maior, arrebentou um dos tanques principais. Então houve mais uma.

E mais outra.

Ele rangeu os dentes e coçou a marca em forma de teia de aranha no rosto. Ela coçava demais, como se sua fúria estivesse prestes a irromper pela cicatriz. E essa fúria não diminuiu nem um pouco quando ele enxergou um carro em um dos monitores. Ele se deslocava lentamente por uma das vias secundárias, em direção à estrada principal. Os faróis estavam apagados, mas o brilho laranja do fogo iluminava o céu.

Stabb empurrou o guarda que estava diante do monitor e pegou os controles da câmera. A imagem se aproximou, mostrando dois vultos escuros no interior do carro. Houve mais uma explosão quando todo o complexo pegou fogo, iluminando a placa do carro.

A fumaça tomou conta da imagem e o carro desapareceu.

1

Sandra Chance nem chegou a ver o carro que a matou. Como fazia pouco tempo que voltara de Nova York, onde morara vários anos, por causa do trabalho em uma empresa de computadores, ela olhou para o lado errado quando foi atravessar a rua Manchester. Um erro fácil de cometer, já que ela estava acostumada ao tráfego vindo do outro lado da rua. O motorista não teve culpa, mas também não parou para confirmar.

Seu funeral foi tranquilo, na pequena igreja do subúrbio de Manchester para onde se mudara algumas semanas antes. Embora tivesse nascido ali, Sandra não tinha família na cidade. Na verdade, ela não tinha família em lugar nenhum. Exceto os filhos.

Richard e Jade estavam só com 15 anos quando a mãe morreu. Gêmeos, eles sempre compartilhavam tudo: brinquedos, jogos eletrônicos, livros, brigas e, agora, o luto. Rich sempre escondeu os sentimentos, mas agora sua tristeza estava bem à mostra. Havia lágrimas em seus olhos durante o tempo em que ficou sentado no banco da frente da igreja, ao lado da irmã.

Jade deixava as lágrimas correrem livremente pelo rosto enquanto ouvia as palavras do padre sobre a mãe, sobre a perda que os dois irmãos sofreram, sobre a coragem e a devoção deles. Rich preferiu guardar as emoções para si, mas Jade sabia como ele se sentia, ela sempre sabia, e essa era a única coisa que importava. Ele não ligava para mais ninguém. E agora ele não tinha mais ninguém.

Alguns vizinhos compareceram ao funeral, mais por respeito do que por carinho, mas nenhum deles tinha conhecido Sandra Chance nem seus filhos. Mary Gilpin era a única que a conhecera: eram vizinhas e tinham sido amigas na infância. Jade e Rich estavam hospedados na casa dela nesses dias, mas Phil, marido de Mary, não gostava de crianças e se apressara em avisar "as autoridades". Ele nem tinha ido à igreja.

Quando o padre mencionou o seu nome, Mary Gilpin levantou o olhar. Jade olhou para ela, sorriu com tristeza e desviou o olhar. Rich não teve nenhuma reação.

Então a porta dos fundos da igreja se abriu com um rangido. O som pareceu ainda mais alto na quietude do momento solene. Rich olhou para trás e viu o homem que entrou calmamente na igreja e fechou a porta atrás de si.

Rich observou o homem fazer o sinal da cruz e caminhar para a última fileira de bancos da igreja. Ele era grande, mas se movia com discrição e desenvoltura. Quando sentou, demonstrava suavidade, mas também uma força contida. Aparentava ter cerca de 40 anos, tinha um rosto grave e experiente e cabelo louro curto. Usava um terno preto e poderia passar totalmente despercebido na multidão, exceto, Rich notou, pelos olhos. Eles eram de um azul intenso, como os do próprio Rich, e se deslocavam em um arco lento, como se o homem captasse todos os detalhes da igreja e das pessoas que o cercavam.

Jade também se virou para olhar o homem. Os olhos dele encontraram os dela, apenas por um segundo, depois se voltaram para Rich. Os dois jovens se olharam e franziram a testa. Jade apertou a mão do irmão. Balançou a cabeça para tirar o cabelo dos olhos, e os dois se ajoelharam para rezar.

O frio sol de outono estava baixo no céu, projetando longas sombras das lápides no adro da igreja. Jade e Rich ficaram juntos a pouca distância do túmulo.

– Ela devia ter olhado para o lado certo – disse Jade. Como o irmão, ela tinha um leve sotaque americano; não muito, mas suficiente para que as pessoas percebessem. – Ela estava sempre nos avisando, dizendo para tomarmos cuidado. Para não andarmos correndo.

– Não ponha a culpa nela – disse Rich.

– Não é isso – respondeu a irmã. – É só... – Ela fungou e virou o rosto. – Ela devia ter olhado.

O homem no fundo da igreja estava conversando com o padre e a senhora Gilpin. Havia outra mulher com eles, de meia-idade e de cabelo obviamente tingido. Rich sabia que ela trabalhava no Serviço Social. Era ela quem provavelmente cuidaria dele e de Jade até alguém decidir o que fazer com eles. Ele não conseguia se lembrar do nome dela, mas isso não importava.

– Quem é aquele homem? – disse Jade. – Eu tenho a impressão de que já o vi em algum lugar.

Rich deu de ombros.

– Sei lá... mais alguém do serviço social.

– Por que eles estão aqui? – perguntou Jade.

– A gente não vai poder ficar com os Gilpin para sempre.

Jade olhou para o irmão, o rosto marcado de lágrimas emoldurado pelos longos cabelos louros.

Rich suspirou e continuou:

– Ontem à noite você não ouviu o senhor Gilpin mais uma vez dizendo à mulher que ela não deveria esperar que fosse cuidar da gente e que isso não seria justo com ele?

– Talvez a gente possa voltar para Nova York – disse Jade. – E morar com Charmaine e a família dela.

– Ah, claro – murmurou Rich. – Como se uma de suas antigas amigas de colégio fosse aceitar nós dois. – Ele sentiu o olhar fulminante de Jade e virou a cabeça.

A mulher do serviço social estava cumprimentando o homem com um aperto de mão. Olhou para Rich e Jade e saiu caminhando depressa. O homem pareceu juntar forças, aprumando os ombros e respirando fundo, o que fez seu peito inchar. Então ele e a senhora Gilpin se aproximaram dos gêmeos.

– Olá! – o homem disse. Sua voz era grossa e encorpada, e ele tentava sorrir. Estendeu a mão para Rich, um gesto tão natural que Rich se viu apertando a mão do homem. O aperto do homem era firme e confiante.

Rich sentiu o estômago revirar quando o homem se apresentou.

– Sou John Chance – ele disse. – Sou o pai de vocês.

2

Os gêmeos ficaram sentados nos fundos da igreja com John Chance enquanto o padre arrumava as coisas e trabalhava na sacristia.

– Como você pode ser nosso pai? – perguntou Jade quando eles se sentaram.

– Por que devemos acreditar em você? – perguntou Rich.

– É um imenso choque para mim também – disse Chance.

– Por que a mamãe nunca disse nada? – perguntou Jade. – Nós nem sabíamos que ela tinha se casado.

– Isso foi muito tempo atrás – disse Chance. – Faz 16 anos. Eu cheguei em casa um dia e vi que ela tinha ido embora. Ela deixou um bilhete, mas ele não dizia muita coisa. Eu imaginei que os advogados dela, ou a própria Sandy, entrariam em contato para esclarecer alguma coisa.

– Ninguém a chamava de Sandy – disparou Jade. – A mamãe odiava ser chamada assim.

– Desculpe – disse Chance. – Até uma semana atrás eu realmente não sabia de nada. Então recebi um telefonema da senhora Gilpin. Aparentemente, a mãe de vocês deixou uma carta com a senhora Gilpin para o caso de alguma coisa acontecer com ela.

Chance sorriu, mas pareceu tenso.

– Eu amava muito a mãe de vocês – confessou. – E imaginava que ela também me amasse.

– Imaginava? – instigou Jade.

Chance virou o rosto.

– Ela nunca pediu o divórcio; ela inclusive continuou usando o meu sobrenome. Nós ainda estamos casados. – Ele hesitou, percebendo seu erro. – *Estávamos* casados. É por isso, em parte, que vocês estão sob meus cuidados.

– Sinto muito se isso estragou seu dia – disse Jade, ríspida.

– Não foi isso o que eu quis dizer – reagiu Chance.

– Eu imagino que seja um choque para você também – disse Rich. E pôs a mão no ombro de Jade para confortá-la. Ela pôs a mão em cima da dele. Independentemente do que viesse a acontecer, eles sempre teriam um ao outro.

– Só um pouco – Chance confessou. – Mas escutem, vamos fazer tudo dar certo. Eu estou no meio de um trabalho neste momento, algo que me ocupa muito. Mas deve acabar logo. Nas férias da escola, quando vocês voltarem para casa, vamos poder passar algum tempo juntos e ver o que faremos, ok?

– Voltar para casa? – ecoou Rich. – Você quer dizer que vamos ficar aqui até as férias?

– Com os Gilpin? – perguntou Jade. – Enquanto você volta para Londres?

Chance pareceu desconcertado.

– Não é bem assim... Não foi isso o que eu quis dizer.

– Então o que você quis dizer, *papai*? – perguntou Jade cheia de sarcasmo.

– Olhem, eu não tive muito tempo para planejar as coisas – disse Chance. – Moro sozinho em um apartamento minúsculo. Ele mal dá para mim, muito menos para nós três. E estou trabalhando praticamente 24 horas por dia. Não posso levá-los e buscá-los na escola, nem cozinhar para vocês, nem cuidar de vocês, nem...

– Nem trocar nossas fraldas? – ironizou Jade. – Nós temos 15 anos. Podemos nos virar. A mamãe trabalhava, sabia?

– Vamos discutir isso tudo nas férias, certo? – disse Chance.

– E, enquanto isso, onde vamos ficar? – quis saber Rich.

Mas Jade estava olhando de boca aberta para Chance.

– De jeito nenhum. Absolutamente sem chance, nunca, jamais. – Ela olhou para Rich.

E ele se deu conta do que ela já tinha adivinhado.

– Colégio interno está totalmente descartado – ele concordou. – Nem que seja a última escola do planeta.

– Só até as próximas férias – argumentou Chance. – Até eu poder passar algum tempo com vocês e resolver isso.

– Sem chance – disse Jade.

– Jamais – reiterou Rich.

Chance se levantou. Falou tranquilo, mas os gêmeos podiam sentir que ele estava determinado.

– Eu não estou pedindo a opinião de vocês. Sou seu pai e tenho de decidir. Sinto muito, mas é assim que tem de ser. E discussão encerrada.

– Isso não foi uma discussão – disse Rich. – Uma discussão envolve dois pontos de vista e uma decisão baseada em argumentos. Não foi isso o que aconteceu.

– Você simplesmente decidiu por nós – acrescentou Jade.

– Você mal nos conheceu e já está louco para se ver livre de nós.

– Eu não estou falando disso – disse Chance – porque vocês estão certos; não há discussão. Já está decidido.

– Ah! Quer dizer então que de uma hora para outra você sabe o que é melhor para nós? – disse Jade levantando-se e fulminando Chance com o olhar. – Você abandona a gente e a mamãe há 16 anos e agora volta e sabe o que é melhor? Eu acho que não.

– Espere um pouco – disse Rich. – Dezesseis anos atrás nós ainda não tínhamos nascido.

– Você nem esperou a gente nascer? – disse Jade com os olhos lacrimejando.

– Calma aí. Foi Sandy, ou melhor, *Sandra* – Chance se corrigiu depressa – quem *me* abandonou. A decisão não foi minha. Eu jamais a deixaria. Mesmo que... – Ele parou abruptamente.

– Mesmo que o quê? – perguntou Rich.

Chance respirou fundo.

– Vejam bem: até ontem, eu não sabia para onde a sua mãe tinha ido nem o que andava fazendo. Até ontem, eu nem sabia que era pai.

Durante todo o caminho até a casa dos Gilpin ninguém falou nada. Chance estacionou o carro do lado de fora da casa vizinha, da casa alugada em que Rich e Jade tinham morado nas últimas semanas com a mãe. Jade duvidava que ele tivesse noção de que era a casa deles.

– Tudo vai para um depósito – explicou Chance. – Podemos separar suas coisas depois e decidir com o que querem ficar.

– Nas férias, certo? – zombou Jade.

O senhor Gilpin atendeu à porta. Apertou a mão de Chance e murmurou alguma coisa parecida com condolências. Lançou um olhar pouco amistoso para Rich e ignorou Jade. Então entrou em casa e fez um gesto indicando que eles o seguissem.

Havia uma fileira de caixas de papelão e sacolas de lojas encostadas na parede. Jade viu suas roupas saindo de uma das sacolas, livros escolares enfiados em uma caixa e os melhores tênis de Rich em outra.

– Nós mesmos podíamos ter arrumado nossas coisas – ela disse.

O senhor Gilpin virou o rosto.

– Achei que vocês teriam pressa de sair.

– Alguém está mesmo com pressa – provocou Jade.

– Gostaríamos de nos despedir da senhora Gilpin – disse Rich. – Não deu para fazer isso na igreja.

O senhor Gilpin se virou.

– Ela não está. Saiu. Fechem a porta quando saírem.

Chance levantou uma das caixas.

– Acho melhor irmos logo – disse.

Quando o carro começou a andar, Jade viu as cortinas de filó do quarto da frente serem puxadas.

Rich ia no banco da frente, Jade no de trás.
Jade percebeu que Chance tinha ajustado o retrovisor em um ângulo que lhe permitia observá-la.
"Será que ele está de olho em mim?", ela se perguntou. "Será que ele imagina que eu vá criar algum problema?"
Ela desviou o olhar para a rua.
Isso era problema *dele*, ela decidiu. Se ele queria problema, podia acabar tendo.
Então ela voltou a olhar para Chance no espelho, mas ele estava olhando para a frente. Jade estudou o rosto dele (a linha do queixo, a curva do nariz, igualzinha à de Rich... igualzinha à dela). O que Chance estaria achando disso tudo? O que ele via além de dois gêmeos de cabelos louros? Talvez, apenas talvez, ele realmente quisesse conhecer os filhos que não vira durante 15 anos.

– Então, me falem de vocês – disse Chance, tentando aparentar bom humor. – O que vocês gostam de fazer?

– Andar em carros que andam em velocidade alta demais – retorquiu Jade.

A risada de Chance pareceu tensa, mas ele reduziu um pouco a velocidade.

– Certo. E o que mais?

Jade afundou no banco, olhando para fora. Viu o carro deles ultrapassar outros. Logo eles estavam na mesma velocidade de antes.

Ele não a escutara, pensou. Ninguém nunca a escutava.

– Eu gosto de ler – disse Rich. – Leio de tudo, mas gosto principalmente de descobrir coisas. Como as coisas funcionam. Esse tipo de coisa. Também gosto de ver tevê. Ei! – perguntou de repente. Você tem PlayStation?

– Não. Só tenho um aparelho de DVD e um *notebook*. E você, Jade?

Ela continuava a olhar pela janela.

– Eu gosto de fazer as coisas, não de ler sobre elas. Há alguma academia perto de sua casa?

– Não faço a menor ideia.

– Percebe-se.

Chance sorriu novamente, mas dessa vez soou mais autêntico.

– Eu até que me mantenho em forma, sabe?

– Você é que pensa – murmurou Jade.

– E ouço muito bem – ele disse. – Então você gosta de malhar?

– Um pouco.

– E mais um pouco – disse Rich. – Ela malha. Corre. Come um monte de frutas e verduras. Bebe litros de água mineral.

– É que isso tudo faz bem para a saúde – protestou Jade. – A gente precisa se cuidar. Corpo saudável, mente saudável.

– Você tem toda a razão – concordou Chance.

– Não precisa me defender – ela disse.

– Eu estava só concordando com você.

– Bom, então não concorde.

– Você preferiria que eu discordasse? – ele perguntou.

– Eu preferiria que você parasse de fingir – retrucou Jade. E cruzou os braços.

Eles ficaram em silêncio.

Jade olhava pela janela, e Rich virou a cabeça para sussurrar-lhe por cima do ombro:

– Vai dar tudo certo – ele disse. – Vamos superar isso; não vai ser tão ruim. Pense bem, qual é a pior coisa que pode acontecer, tirando o colégio interno?

– Eu só queria a mamãe de volta – disse Jade, de novo, com os olhos cheios de lágrimas.

Chance estava mexendo nos bolsos enquanto dirigia confiante e a toda velocidade pela faixa da esquerda. Tirou algo do bolso e a expressão de Jade mudou de imediato. Primeiro para surpresa, depois para raiva.

Chance estava tentando tirar um cigarro do maço. Viu de relance o rosto de Jade no espelho retrovisor.

– Estou morrendo de vontade de fumar – ele disse.

Jade enxugou os olhos e olhou muito brava para ele.

Chance guardou o maço de volta no bolso.

3

Já tinha escurecido quando eles chegaram ao apartamento de Chance, que ficava no segundo andar de um pequeno prédio em estilo vitoriano. O exterior parecia soturno e dilapidado. A pintura da guarnição da janela ao lado da porta estava descascando, e os degraus de pedra estavam lascados e manchados.

Mas dentro era muito diferente. Havia um pequeno elevador no fim de um amplo *hall* e uma escada que dava a volta no poço do elevador. Chance abriu a pesada grade pantográfica de metal.

— Se deixarmos a porta aberta, o elevador não sobe — explicou. — Isso nos dá tempo para pôr as coisas de vocês aí dentro.

Eles empilharam as caixas e sacolas no elevador, ocupando quase todo o pequeno elevador. Chance esticou o braço através da porta para apertar o botão do segundo andar, depois puxou de novo a grade, deixando os três do lado de fora. O elevador começou a subir.

– Nós podíamos ter nos espremido lá dentro – protestou Rich.

– Mas Jade quer nos manter em forma – disse Chance.

– Vamos. Temos de chegar antes do elevador. – Ele começou a subir a escada de dois em dois degraus, com facilidade devido à prática.

– Ele vai perder o fôlego antes de chegar lá – disse Jade, correndo escada acima. Rich suspirou e a seguiu em um ritmo mais lento.

Eles descarregaram a última leva de coisas no *hall* do apartamento de Chance. Chance já tinha sumido lá dentro.

– Ele estava sem fôlego? – perguntou Rich.

– Imagino que sim – disse Jade. – Não notei.

– Então isso é um "não" – disse Rich.

Havia três portas no *hall*: a primeira levava à cozinha, a seguinte a uma sala de estar e, no fim do *hall*, havia um pequeno banheiro. Chance surgiu da cozinha e conduziu os gêmeos pela sala. Parecia uma casa em exposição: quase nenhuma mobília, apenas um sofá e uma mesa de centro baixa. Uma tevê e um aparelho de DVD estavam encostados em uma das paredes, ao lado de uma velha lareira, mas não havia revistas nem livros ou enfeites. A sala era pintada de um branco uniforme que a tornava ainda mais impessoal. O único sinal de vida era um cinzeiro na mesa de centro cheio de pontas de cigarro. Ele impregnava a sala com um cheiro forte desagradável. Um único quadro estava pendurado na parede em frente à porta. Mostrava um trem a vapor correndo pelo campo: uma locomotiva azul brilhante com a frente inclinada. No primeiro plano havia um lago com patos nadando.

– Isso é bem bolado – disse Rich a Jade, apontando para o quadro.

– Por quê?

– Porque a locomotiva se chama Mallard.

Ela balançou a cabeça sem entender.

– Mallard é uma espécie de pato – disse Chance, juntando-se a eles.

– Onde é meu quarto? – Jade falou em tom autoritário.

Chance apontou.

– Por ali, à direita.

– E o meu? – perguntou Rich.

– No mesmo lugar. O mesmo quarto.

– Você está brincando – disse Jade. – Nós não dormimos no mesmo quarto. Temos 15 anos.

– Mas só há dois quartos – disse Chance.

– Então por que Rich não fica no seu quarto? – perguntou Jade. – Os garotos no mesmo quarto?

Chance balançou a cabeça.

– Porque eu vou dormir no sofá aqui e nele só cabe uma pessoa. Há duas camas de solteiro no quarto.

– Mas você disse que havia dois quartos – lembrou Rich.

– Eu estou usando o outro como escritório. Preciso trabalhar. Vocês têm um quarto e duas camas; eu tenho um escritório e o sofá. Esse é o nosso acordo.

– Isso não é um acordo – disse Jade.

– Um acordo é quando duas ou mais pessoas decidem algo em consenso – observou Rich.

– E você sabe o que significa pedante? – perguntou Chance.

– Sim, na verdade eu sei. É...

– Eu sei o que é – cortou Chance.

– Então por que perguntou? – quis saber Rich.

– Piadinha do papai – disse Jade a Rich. Ela olhou para Chance. – Aliás, bem fraquinha. Vamos. – Ela conduziu Rich para o quarto.

No quarto não havia nada além de duas camas de solteiro, dois criados-mudos e um espelho na parede.

– Nada como a casa da gente – disse Jade.

– E com certeza uma casa que não tem nada a ver com lar – concordou Rich. – Vamos pegar nossas coisas. Devemos ter alguns pôsteres para animar isto aqui.

O quarto que Chance usava como escritório ficava em frente ao quarto deles. Jade empurrou a porta e eles deram uma olhada lá dentro. O cômodo contrastava com o resto do apartamento.

Havia uma única mesa com uma cadeira. Sobre a mesa, um *notebook*, um telefone e pilhas e pilhas de papel no chão, encostadas nas paredes. Uma estante estava arqueada sob o peso de arquivos e livros grossos.

– Coisas da indústria de petróleo – observou Rich, olhando alguns dos títulos. – Ele disse se trabalhava na indústria de petróleo?

– Na verdade ele não falou quase nada – disse Jade. E caminhou até a mesa.

– Eu acho que não devíamos estar aqui – disse Rich, seguindo-a hesitante.

– Concordo totalmente.

Ela apontou para uma caixinha presa ao fio do telefone. Era mais ou menos do tamanho de um maço de cigarros, toda de plástico cinza, com vários botões em um dos lados.

– O que é isso? Um *modem*?

– Acho que não – respondeu Rich. – Tem uma aparência esquisita.

– Mas isto eu sei o que é – anunciou Jade, pegando uma folha de papel ao lado do telefone. – Olhe! Uma lista de escolas. Aposto que são internatos. Ele estava eliminando algumas. Meu Deus, ele já está tentando se livrar da gente!

– O que vocês estão fazendo aqui? – perguntou Chance parado na porta do escritório.

– Só dando uma olhada – respondeu Jade.

– Olhem, eu acho que precisamos estabelecer algumas regras aqui: uma delas é que vocês nunca devem entrar em meu escritório.

– Mas somos seus filhos – ela protestou.

– Sinto muito, mas estas são as regras – ele disse. E estendeu o braço, indicando que eles deviam sair do quarto.

– Vamos – disse Rich. Ele pegou o papel que estava com a irmã e o pôs de volta na mesa. Olhou para as duas colunas de nomes e reconheceu algumas escolas. – Há duas listas aqui – ele disse.

– O que você quer dizer? – perguntou Jade.
– Saiam já – ordenou Chance.
– Duas listas – repetiu Rich. – Como se fossem dois grupos de colégios internos. Escolas de meninos e escolas de meninas.
– Sem chance! Ah, sem a menor chance! – gritou Jade.
– Você não vai nos separar – concordou Rich. E se virou para encarar o pai, com voz calma mas irritada. – Jade e eu, nós só temos um ao outro. Você não vai tirar isso de nós também.

Rich estava afundado no sofá assistindo à tevê. Estava passando um desenho pelo qual ele não tinha o menor interesse, mas era melhor do que ouvir Chance, que estava sentado no chão falando com ele.
– Primeiro eu tentei escolas mistas. Claro que tentei. Mas nenhuma delas tinha duas vagas para a mesma turma.
– Então você simplesmente pensou em nos mandar um para cada lado – disse Rich.
– E o que mais eu deveria fazer?
Rich não disse nada. Aumentou o volume da tevê.
Mas mesmo assim ouviu o grito de Jade da cozinha, aonde ela tinha ido para esvaziar o cinzeiro na lixeira:
– O que é isso? Você é um cara muito esquisito!
Rich desligou a tevê e seguiu Chance até a cozinha. Jade tinha aberto a porta da geladeira e estava tirando tudo o que havia lá dentro. Garrafas de cerveja.
– É só isso que tem? – perguntou Rich.

– Não. Tem isso também. – Ela tirou da geladeira duas garrafas maiores e as pôs junto com a cerveja. Champanhe.
– Ou seja, onde está a manteiga? O leite? Os ovos? Algum tipo de comida? Na verdade, qualquer coisa?
– Está na rua – disse Chance. Ele afastou gentilmente Jade para um lado e começou a repor as coisas na geladeira.
– O que você quer dizer com "na rua"? – ela perguntou brava.
– Eu compro comida para viagem ou como no *pub*. Eles ficam na rua.
– E é assim que você vive? – Jade estava horrorizada. – Não admira que a cozinha esteja tão limpa. Pelo menos você lava a louça.
– Geralmente eu como nas embalagens descartáveis, mesmo – disse Chance casualmente. Então se virou e piscou para Rich, que abafou um sorriso.
– Você é tão grosseiro – disse Jade. – Só não espere que nós nos rebaixemos ao seu nível.
Chance deu de ombros.
– Que tal comida chinesa? – perguntou Rich.

Eles comeram a comida chinesa para viagem com a tevê ligada. Isso queria dizer que eles não tinham de falar um com o outro. Jade foi dormir praticamente assim que acabou seu arroz frito com rolinho primavera. Rich ficou empurrando seu frango agridoce em volta do prato por algum tempo, sem realmente sentir fome.
– Estou cansado – ele disse sem jeito. – Acho que também vou dormir.

– Tudo bem – disse Chance. – Eu tenho mesmo de trabalhar. Preciso dar uns telefonemas. Não se preocupe. Eu arrumo tudo.

Rich sorriu desanimado e foi para o quarto.

Jade já tinha deitado. Não apagara a luz e estava só olhando para o teto. Quando Rich entrou, ela o cumprimentou com uma careta.

– Oi! – ele disse.

Ela virou o rosto para o outro lado.

– O que foi? – ele perguntou. – Eu não fiz nada.

Ela cobriu a cabeça com o travesseiro, sem ouvir. Então Rich puxou o edredom dela.

– Devolve isso! – Jade saiu imediatamente da cama, agarrando o edredom.

Rich o soltou e tentou pegar o travesseiro dela. Eles se encararam, cada um brandindo uma peça de cama.

– Paz? – sugeriu Rich.

– Só se você devolver meu travesseiro.

– Muito justo. – Ele o jogou de volta.

Jade soltou o edredom e pegou o travesseiro. Então começou a bater em Rich com ele, empurrando-o para a cama dele.

– Ei, ei, ei! – Ele tentava segurar os golpes dela.

– Isso é por você se juntar a ele contra mim – ela disse.

– Eu não me juntei a ninguém… Quando?

– Na cozinha. Sugerindo "comida chinesa".

– É, e qual era a alternativa? – disse Rich. – Não tem nenhuma comida nesta casa. Só cerveja, champanhe e cigarros.

O que você queria jantar? Pelo menos agora temos um pouco de leite.

Jade afundou na cama, puxando o edredom para se cobrir.

– Desculpe. Mas é tudo tão... de repente. Tão injusto.

E começou a chorar de novo. Rich sentou ao lado dela na cama.

– É um pesadelo – ele concordou. Olhou para a porta do quarto. – Ele é um pesadelo. Talvez o colégio interno seja mesmo a melhor opção.

– Ah, olhe – disse Jade, fungando entre as lágrimas. – Lá fora.

As cortinas estavam abertas, e Rich fez uma careta.

– O quê?

– Acho que eu vi um porco voando – disse Jade.

4

No Krejikistão, o cristal lapidado de um candelabro cintilava, refletindo a luz em suas facetas. Lâmpadas substituíam as velas que antes iluminavam a sala, mas o teto acima dele ainda conservava um afresco original: um céu azul-claro com nuvens delicadas passando.

O salão embaixo era enorme, com piso quadriculado de mármore preto e branco. O espaço parecia ainda maior por causa dos espelhos pendurados nas paredes. A mobília quase se perdia no imenso espaço: uma mesa de madeira bem envernizada que tinha sido feita para Luís XIV da França, cadeiras de espaldar alto folheadas a ouro que tinham sido dadas de presente a um czar e uma série de mesas laterais do século XVII.

Viktor Vishinsky estava sentado em uma das cadeiras antigas. À sua frente havia um único lugar posto para o jantar: talheres pesados de prata, uma tigela trabalhada com azeitonas recheadas e um copo de vinho. Ele olhava atentamente para uma grande tela que seus técnicos haviam montado na outra ponta da mesa. A imagem era granulada e indistinta.

– Isso é o melhor que vocês conseguem fazer? – perguntou. Pegou uma das azeitonas da tigela e a rolou entre o dedo indicador e o polegar.

– Nós melhoramos o máximo possível – garantiu-lhe Pavlov, chefe dos técnicos.

Vishinsky se recostou na cadeira e deixou que eles explicassem. Para ele, as imagens ainda pareciam toscas e confusas. Ele pôs a azeitona na boca.

– Aqui o senhor pode ver um homem no fundo do laboratório abrindo um tambor – disse Pavlov. Ele congelou a imagem projetada de um *notebook* na tela grande. A aparelhagem de alta tecnologia destoava no esplendor czarista do imenso salão.

Dois outros técnicos estavam de pé nervosos em um dos lados do salão. Se estavam ali para o caso de Pavlov precisar de alguma informação técnica, ou simplesmente para dar a ele apoio moral, Vishinsky não sabia nem queria saber. Toda a atenção dele estava concentrada nas imagens pontilhadas da tela.

Pavlov pegou uma caneta a *laser* e, com o ponto de luz vermelha, contornou o vulto visível ao lado da forma indistinta dos tambores.

– Se dispuséssemos de imagens de uma câmera de infravermelho... – ele começou.

Mas Vishinsky o cortou.

– Mas não dispomos; então, precisamos trabalhar com o que temos. O que você pode me dizer além do óbvio?

Pavlov deixou o vídeo correr.

– Como o senhor pode ver, ele está colocando a mão dentro do tambor. E, quando ele tira a mão... aqui – ele congelou de novo a imagem e indicou com o ponto de *laser* a mão do homem –, ele está segurando alguma coisa. Provavelmente algum recipiente que ele encheu com o fluido do tambor. Não é muito grande. Podemos ver pela mão dele que é mais ou menos do tamanho de um porta-ovos quentes. – Pavlov parou de falar por um momento, depois acrescentou: – Mas devo observar que não se trata de um porta-ovos quentes.

– Eu disse para você omitir o óbvio. Será que ele encontrou esse objeto no laboratório? – perguntou Vishinsky, pegando outra azeitona. – Ou o trouxe consigo?

– Não podemos encontrar nenhuma indicação de que algum recipiente desse tamanho estivesse no laboratório. Infelizmente, não sobrou nada do laboratório, portanto é impossível afirmar se está faltando alguma coisa. Mas antes, na sequência, vemos um homem olhando ao redor, achamos que ele está procurando um recipiente. Ele não encontra nada útil, então usa algum objeto que trouxe com ele. Veja, aqui... – Ele voltou a gravação em alta velocidade e depois a deixou correr na velocidade normal. – Parece que ele tira algo do bolso.

– Algo que ele tinha no bolso – disse Vishinsky.

– Talvez ele já tenha vindo preparado, depois procurado para ver se havia um recipiente mais adequado ou maior no laboratório.

– Mas não havia.

Pavlov concordou com a cabeça:

– No laboratório só havia vidros estéreis. Frágeis demais para quem precisa fugir depressa.

O vídeo estava sendo mostrado de novo em velocidade normal.

– Ali! – indicou Vishinsky de repente se inclinando para a frente. – Volte... devagar.

Pavlov fez as imagens retrocederem a um décimo da velocidade normal. Então congelou a imagem assim que Vishinsky disse: – Pare aí.

Vishinsky se levantou e caminhou lentamente ao longo da mesa. Seus olhos estavam fixos na tela. A imagem mostrava o vulto escuro quando sua mão saía do bolso. Os dedos envolviam o que ele estava segurando: o recipiente que ele estava prestes a encher com o líquido do tambor. Nesse único quadro congelado, ele estava em um ângulo que captava a luz existente, talvez um brilho pálido do visor do equipamento vizinho.

Vishinsky se aproximou da tela.

– Dê um *zoom* na mão, no objeto que ele está segurando.

Pavlov moveu os dedos cuidadosamente pelo *track pad* do *notebook* e deu um *zoom* na imagem da mão do homem.

Pouco visível, havia uma sombra com uma marca. Algo no tambor que estava captando a luz.

– O que é isso?

– Não tenho certeza. – Pavlov tentou traçar a marca com sua caneta a *laser*, mas ela não era nítida o suficiente. – Uma marca do fabricante talvez. Quem sabe apenas uma sombra, um reflexo, algo criado no processo de melhoramento da imagem.

Vishinsky balançou a cabeça:

– Descubra – ele ordenou.

– Mas, senhor – argumentou Pavlov –, já melhoramos a imagem o máximo que podíamos. Se insistirmos, corremos o risco de introduzir coisas que na verdade não existem. – Ele hesitou e lambeu os lábios secos.

– Não me incomode com detalhes – disse Vishinsky. – Apenas descubra o que é essa marca. Você pode fazer isso, não pode? Por mim?

Ele ergueu a sobrancelha grisalha, como se pedisse um simples favor a um amigo.

Pavlov engoliu em seco.

– É claro, senhor. Faremos o que for possível. Mas...

– Descubra! – trovejou Vishinsky. E os dispensou com um repentino e abrupto gesto de mão.

Pavlov se apressou em desconectar seu *notebook* e saiu depressa da sala atrás dos colegas.

– E diga para me trazerem a comida – disse Vishinsky –, antes que ela esfrie.

5

O barulho de um telefone tocando acordou Rich no meio da noite. Instintivamente, ele procurou seu celular, mas o toque não era o dele. Ele e Jade tinham celulares, embora a mãe os fizesse pagar pelos créditos. De qualquer forma, ele provavelmente estava sem créditos.

O telefone parou de tocar e, agora que estava acordado, Rich pôde ouvir o som baixo de Chance falando. O celular de Rich mostrava que eram 4h32 da manhã. Quem estaria ligando às quatro e meia da manhã?

Já que estava acordado, sentiu que precisava ir ao banheiro, então caminhou na ponta dos pés até a porta e a abriu. Parou. A voz de Chance chegava abafada e indistinta através da porta fechada do escritório, mas Rich conseguiu ouvir algumas palavras quando encostou o ouvido na porta.

– ... Não, aqui não... melhor não nos encontrarmos por enquanto... perigoso... deixe comigo... lugar de costume... vou pegar... logo.

O som da voz de Chance cessou. Se Chance tinha de estar em algum lugar logo, estaria com pressa, Rich se deu conta. Ele correu de volta para o quarto e empurrou a porta até quase fechá-la. A porta do escritório se abriu e, pela nesga entre a porta e o batente, Rich viu Chance passar apressado para a sala. Ainda estava com a roupa que usara durante o dia.

"Talvez ele durma sem trocar de roupa", pensou Rich. "Talvez nem durma."

Rich voltou para a cama, esquecido da necessidade de ir ao banheiro. Quando acordou de novo já era de manhã, e os acontecimentos da noite pareciam vagos como um sonho.

Jade apareceu na porta do quarto. Ainda estava de pijama e trazia duas xícaras de chá.

– Ele saiu – ela disse.

Enquanto tomavam chá, Rich contou a ela sobre o telefonema da madrugada. Eles foram até o escritório e encontraram o computador ligado. Ele exibia um protetor de tela padrão e havia um pedido de senha para voltar à tela principal.

– Quem precisa de senha quando mora sozinho? – Jade perguntou.

– Talvez seja por nossa causa – disse Rich. – Ou talvez ele leve o *notebook* para o trabalho. Talvez ele já tenha ido trabalhar.

– Ainda não são nem sete horas – observou Jade.

– Será que ele trabalha longe?

– Ou uma reunião longa. Quem será que ligou para ele?

— Vamos descobrir — disse Rich, tirando o fone do gancho. — Se a gente discar para a operadora, eles dão o número da última chamada recebida.

— Provavelmente não identificado ou não disponível — disse Jade.

Mesmo assim Rich tentou. O tom de discagem foi substituído pelo bipe das teclas enquanto ele as pressionava. Mas depois, no lugar de uma voz, ele ouviu um desagradável ruído eletrônico. Era tão alto e estridente que Rich deixou cair o fone.

Jade também ouviu. Ela pegou o fone para recolocá-lo no lugar. Mas então hesitou, apontando para a caixa plástica presa ao fone. Em um dos lados dela, havia luzes piscando. Ela desligou o telefone e as luzes se apagaram.

— Não estou gostando disso — disse Jade em voz baixa.

Antes que Rich pudesse responder, eles ouviram o som da porta do apartamento se fechando com um estrondo. Correram para a sala.

Chance parecia cansado. Segurava algumas cartas, que jogou, sem abri-las, na lixeira da cozinha. Então fechou o armário onde ficava a lixeira e acendeu o fogo da chaleira.

— Ainda bem que tem leite — disse Rich do vão da porta.

— Eu tomo só café preto — respondeu Chance, e olhou para ele. — Você levantou cedo.

— Nós todos levantamos — disse Jade, empurrando Rich e entrando na cozinha. — Onde você estava?

— Eu não estava conseguindo dormir. Saí para dar uma caminhada.

A água da chaleira começou a ferver, e Chance preparou seu café.

– Preciso terminar um trabalho. Vejo vocês mais tarde. Tomem café à vontade.

– Imagino que ele esteja falando da cerveja – disse Jade, depois que Chance foi para o escritório. – A menos que haja algum cereal escondido. – Ela abriu alguns armários, mas não encontrou nada. Depois de ter tentado em todos os outros, ela abriu o armário embaixo da pia, em que ficava a lixeira. Quando a porta se abriu, a tampa da lixeira se levantou.

– Espere! Veja isto. – Jade olhava dentro da lixeira.

Rich se aproximou e olhou para o que ela estava olhando: a correspondência que Chance tinha acabado de jogar fora.

Rich pegou as cartas.

– São todas para a mesma pessoa – disse, mostrando a ela.

Havia cinco envelopes que pareciam ser contas e propaganda. O endereço era o mesmo em todas: apartamento do segundo andar, na mesma rua e no mesmo número. Todas tinham sido enviadas para a mesma pessoa.

Mas essa pessoa não era John Chance. Era Henry Lessiter.

– Pense bem – disse Jade em voz baixa. – Como ter certeza de que um homem que diz se chamar John Chance, mas sua correspondência é em nome de outra pessoa, que recebe ligações no meio da noite e vai a "reuniões" durante a madrugada...

– Como ter certeza – concluiu Rich por ela – de que ele é realmente nosso John Chance?

Chance disse a eles que ia ficar trabalhando em casa naquele dia e que gostaria muito que Jade e Rich fossem explorar a área. Então os gêmeos o deixaram com seu trabalho e foram às compras. No almoço, comeram um sanduíche em um pequeno cibercafé, e Rich passou uma hora fuçando na internet. Jade mandou um *e-mail* para sua amiga Charmaine em Nova York.

Eles encontraram um pequeno supermercado perto dali e Jade comprou água mineral, uvas, laranjas e um *spray* purificador de ar. Rich comprou batatas fritas e Coca-Cola. Pensaram em levar alguma comida para a noite, mas nenhum deles queria cozinhar e os dois duvidavam que Chance se oferecesse para isso. Então compraram alguns pratos congelados para esquentar no micro-ondas.

Quando voltaram, Chance estava na sala, falando ao celular. Desligou assim que Rich e Jade entraram. Os dois se olharam, certos de que tinha sido por causa deles.

– Posso ligar para minha amiga Charmaine? – perguntou Jade.

– Claro que pode – respondeu Chance. – Você tem celular.

– Eu estou quase sem créditos.

– Eu também – disse Rich.

– Passem os números de seus celulares que eu carrego para vocês.

– Mais tarde eu vou anotá-los para você – disse Rich.

– Basta me dizer. Eu vou me lembrar. Sou bom com números – ele riu. – De verdade.

Rich deu o número de seu celular. De má vontade, Jade também deu o dela. Chance repetiu os dois perfeitamente.

– Charmaine está em Nova York – disse Jade, quando Chance ofereceu seu celular. – A ligação vai custar uma fortuna.

– Tem o telefone do escritório – sugeriu Rich.

– Talvez mais tarde – disse Chance.

– Eu preciso ligar para ela agora, antes que ela saia para a escola. Sabe... a diferença de fuso horário?

Chance suspirou.

– Tudo bem, tudo bem.

Jade não esperou mais; seguiu direto para o escritório. Chance foi depressa atrás dela e Rich o seguiu.

– Espere – disse Chance. – Eu preciso arrumar isso. – Ele mexeu na caixa de plástico presa ao fio do telefone.

– Para que serve isso? – perguntou Rich.

– Ah, é... um dispositivo de segurança. Como um cadeado de telefone.

– Mas você mora sozinho – disse Jade. – Ou pelo menos morava – acrescentou.

– É uma exigência da empresa. Eu lido com muitos assuntos delicados em meu trabalho.

– De que tipo? – perguntou Rich.

– Do tipo que não posso contar a vocês. – Ele acabou de mexer na caixa. – Agora deve funcionar. Deixo por sua conta.

Rich o seguiu quando ele saiu.

— Por que você jogou fora suas cartas? — perguntou. — Era tudo lixo?

— Provavelmente — disse Chance. — Por que a pergunta?

— Só curiosidade.

— Elas eram para o inquilino que morava aqui antes de mim. Ele não deixou o novo endereço.

Rich fez que sim com a cabeça.

— E ninguém escreve para você?

Chance sorriu.

— Eu sou assim: um cara sem amigos.

O telefone funcionava bem agora, mas quando Jade ligou para a casa de Charmaine foi atendida pela secretária eletrônica, então ligou para a senhora Gilpin.

A senhora Gilpin pareceu contente de falar com ela.

— Como está indo tudo? — ela perguntou.

— Ah, ótimo — mentiu Jade. — Há algumas lojas aqui perto e um pequeno parque. E... o papai está escolhendo uma escola para nós. Nós vamos ficar bem.

— Vocês precisam vir nos visitar.

— Obrigada. Nós gostaríamos. — Havia algo estranho no telefone, provavelmente tinha algo a ver com a caixa de plástico. Jade ouvia um clique de vez em quando. Mas não se preocupou com isso.

A três ruas de distância de onde Jade fazia sua ligação, uma *van* preta sem identificação estava estacionada em uma rua lateral.

Dentro da *van*, um homem de óculos de armação escura e capa de chuva cinza comprida estava sentado na frente de um sofisticado sistema de monitoramento de áudio. Usava fones de ouvido e escutava atentamente cada palavra que Jade dizia.

6

No aeroporto de Heathrow, Stabb se encontrou com uma mulher que tinha acabado de desembarcar de um voo comercial. Enquanto caminhavam para o estacionamento, Stabb contou a ela como estavam indo as coisas.

– Então você não conseguiu nada – disse a mulher, com um sorriso. Era bonita, com cabelo longo, liso, pretíssimo.

– Será difícil até conseguirmos pegar a amostra de volta – disse Stabb. – Não podemos correr o risco de perdê-la, e Chance pode tê-la escondido em qualquer lugar. A única maneira de ter certeza é chegar a Chance no momento em que ele for entregá-la. Ele ainda deve estar com ela, senão já teria acontecido algum problema.

– Eu concordo. E Viktor também.

Stabb franziu a testa.

– Fico contente de saber que vocês dois aprovam.

– Ah, não me entenda mal – ela disse, sorrindo. Afastou o cabelo do rosto enquanto entrava no carro. – É você quem está no comando aqui.

Stabb olhou para ela, depois ligou o carro e saiu da vaga.

– Então, o que você quer que eu faça? – ela perguntou.

– Por enquanto nada. Estamos observando Chance e, até agora, ele não fez contato com ninguém. Mas as crianças podem nos dar uma oportunidade.

A mulher sorriu, olhando para fora pela janela do carro quando um enorme 747 decolou no céu nublado.

– Eu gosto de crianças – disse.

– Jade não vai gostar disso – Rich avisou a Chance.

Mesmo assim Chance acendeu um cigarro. Pôs o maço de cigarros e o isqueiro prateado sobre a mesa de centro, ao lado do celular.

Chance soltou uma longa baforada de fumaça e Rich estremeceu, tentando não tossir. Ele odiava cheiro de cigarro, odiava o jeito como a fumaça entrava na boca e odiava o cheiro horrível que ficava impregnado na roupa.

– Eu realmente tive um dia cheio – disse Chance.

Nesse momento, Jade apareceu no vão da porta da sala. Rich reconheceu a expressão no rosto dela e, por experiência, percebeu que não era boa coisa.

Ela caminhou até Chance e puxou o cigarro da boca dele. Depois o jogou no cinzeiro.

– O que você está fazendo? – perguntou Chance.

– Você não vai fumar isso – disse Jade.

– E você não pode mandar em mim na minha própria casa.

– A casa pode ser sua – disse Jade –, mas todos temos de morar aqui.

– Às vezes, eu só preciso fumar um. – Ele abriu de novo o maço de cigarros.

– Você vai nos matar e se matar também – disse Jade.

– Vai matar seus próprios filhos.

Chance se levantou. Enfiou o isqueiro no maço, depois o fechou e o jogou na mesa ao lado do celular.

– Desculpem, mas eu não consigo lidar bem com isso neste momento. Vou telefonar para as escolas e no fim de semana vocês já devem estar em algum lugar mais agradável. As coisas não estão fáceis para mim agora; nada fáceis.

Ele se virou e saiu apressado da sala.

Assim que ouviu o barulho da porta do escritório se fechando, Jade pegou os cigarros da mesa de centro.

– Confiscados – ela disse. – Já que estamos aqui tratando uns aos outros como crianças de escola. E isso – ela acrescentou, pegando o celular de Chance. – Isso também está confiscado.

– O que você vai fazer com isso? – perguntou Rich. – Cigarros, tudo bem. Mas você não pode dar sumiço no telefone dele. E pôs o isqueiro dentro do maço de cigarros.

– Então eu vou guardá-los em um lugar em que ele não consiga achar – ela disse.

– Ele vai ficar uma fera – disse Rich.

Jade riu:

– Eu sei. – E seguiu para o quarto.

Rich ficou olhando para o vazio na mesa onde antes estavam o maço de cigarros e o celular. Havia um maço fechado sobre uma mesa no *hall*, e ele o pegou e pôs em cima da tevê. Depois de pensar um momento, abriu o maço. Talvez Chance imaginasse que tinha aberto um novo maço e não ficasse muito irritado quando não encontrasse nem o telefone nem o isqueiro.

Rich não perguntou a Jade onde ela escondera as coisas de Chance. Não tinha certeza se queria saber. E, quando Jade voltou e foi para a cozinha, ele decidiu que realmente não queria saber e foi para o quarto. Fechou a porta e tentou ler. Não conseguiu se concentrar e, ao ouvir o barulho da porta do escritório se abrindo, se encolheu.

Alguns momentos depois, ele ouviu a explosão que previra.

– O que você pensa que está fazendo?! – gritou Chance.

Rich respirou fundo, depois foi ver o que estava acontecendo.

Jade tinha derramado a cerveja na pia da cozinha. Havia garrafas vazias bem arrumadas sobre a bancada e, agora, ela tinha começado com o champanhe. A cozinha estava tomada por um cheiro forte de álcool.

Jade e Chance se encaravam, e Rich não teria apostado em quem recuaria primeiro.

– Vamos nos acalmar – pediu Rich. Sua voz parecia tranquila, forçada e bastante desajeitada, mesmo para ele.

– Eu estou calma – disse Jade. Mas não parecia.

– Talvez nós devêssemos... – Rich engoliu em seco – conversar sobre isso.

– Eu não tenho nada a dizer – respondeu Jade. Continuava olhando de modo desafiador para o pai.

– Ótimo – disse Chance. – Assim você pode ouvir. Vocês dois. – Ele interrompeu o confronto com Jade e se virou para Rich: – Na sala, agora.

– Eu não... – Jade começou a dizer.

– Agora!

Ela não concluiu o pensamento. Passou por Chance e Rich e foi se sentar no sofá. Rich hesitou um momento, depois foi se sentar ao lado dela.

Chance ficou de pé em frente à lareira, encarando os filhos. Olhou para a mesa de centro entre eles.

– Onde estão os meus cigarros?

– Eu não sei – disse Rich. – Não os vi. Será que estão em cima da tevê?

– Então você vai jogar fumaça na gente de novo, é? – perguntou Jade.

– Vou contar a vocês algumas coisas que talvez vocês não queiram ouvir – disse Chance, surpreendentemente calmo. – E algumas coisas nas quais vocês talvez não acreditem, mas precisam saber.

– Então, nada de curvar as costas – murmurou Jade.

Sem querer, Rich riu.

– Com certeza – Chance falou, muito sério. – Faz mal para a postura. – A boca dele se retorceu, apenas de leve. Mas isso foi suficiente para dissipar um pouco a tensão. Ele respirou fundo, como se se preparasse para o que ia dizer.

Rich esperava que Chance começasse a gritar com eles. Ele e Jade estavam acostumados a receber broncas da mãe, mas, apesar das bravatas de Jade, ele sabia que ela não gostava disso. Podia sentir como ela estava tensa. Apenas esperava que ela aguentasse e não gritasse de volta como às vezes fazia com a mãe. Ou costumava fazer.

Mas Chance não gritou. Quando falou, sua voz estava calma e baixa.

– Vocês passaram por muitas coisas – ele disse. – Eu sei que não foi fácil para vocês, mesmo sem os problemas de se mudarem para cá e terem de lidar comigo. É difícil a gente perder alguém que ama. Especialmente na primeira vez.

– Como se você soubesse – disse Jade.

– Eu disse que talvez vocês não acreditassem no que eu diria – continuou Chance. – Mas eu sei. Perdi meus pais antes de completar 20 anos. Mas não estou falando de mim, e sim de vocês. Neste momento vocês dois é que são importantes. Nós ainda não nos conhecemos, nem vamos fingir que nos conhecemos, mas espero que venhamos a nos conhecer. Acredito que nunca seja um bom momento para o que aconteceu, mas o fato de isso ter acontecido justo agora talvez torne as coisas ainda mais difíceis do que deveria.

– Por quê? – perguntou Rich.

Chance suspirou.

– Uma das coisas mais incômodas é que eu não posso contar a vocês. Não agora. Há coisas sobre... – ele hesitou, pensando muito bem em como expressar o que queria dizer – ... coisas sobre o meu trabalho que eu não posso contar a vocês neste momento.

– Como por que você tem um dispositivo de segurança no telefone? – perguntou Jade.

Ele balançou a cabeça confirmando.

– É um misturador. Para conversas seguras. Meu trabalho é importante e está ocupando muito do meu tempo neste momento. Tenho algumas coisas que preciso terminar; coisas urgentes. Não posso ter distrações.

– É isso o que nós somos? – disse Jade.

Chance sorriu.

– Com toda a sinceridade, o que você acha? Eu adoraria que fosse possível vocês simplesmente se mudarem para cá, se instalarem e todos nós continuarmos a vida como se nada tivesse mudado. Mas isso não é possível. As coisas mudaram, mudaram radicalmente para vocês e também para mim. Precisamos de tempo para nos acostumarmos com isso e para fazer as coisas darem certo. – Ele se inclinou para a frente e olhou atentamente para os dois. – Eu quero que dê certo. De verdade. Quero que tudo se acerte, para o bem de nós todos.

– Sofrer agora porque vai ser melhor depois? – especulou Jade.

– Nada tão calculado – disse Chance. – Só preciso de tempo para resolver as coisas.

– Então você nos enfia em um colégio interno para poder fazer seu trabalho.

Chance suspirou.

– Eu suponho que vai acabar sendo isso. Sei que vocês não gostam da ideia. Eu também não gosto, mas infelizmente precisa ser assim.

– Mas por quê? – perguntou Rich.

– Eu vou responder assim que eu puder – prometeu. – Vou mesmo. Sei que vocês não me conhecem, mas estou pedindo que confiem em mim. Essa é a melhor maneira. Até as férias escolares... são só algumas semanas. Então vamos discutir isso direito. – Ele balançou a cabeça para Rich. – Eu falo discutir mesmo. E nós vamos decidir juntos o que fazer depois, o que é melhor. Como uma família. Combinado?

Jade e Rich ficaram calados.

– Como eu disse – continuou Chance –, não espero que vocês gostem disso. Mas espero que confiem em mim suficiente para aceitar minha palavra.

– Isso não é justo – disse Jade.

– Eu vou lhes dizer o que não é justo – disse Chance em voz baixa. – Eu poderia ter ignorado o telefonema da senhora Gilpin. Poderia ter dito a ela que nunca sequer tinha visto meus filhos, ou que acho que eles nem são meus, ou que simplesmente não estou interessado neles. Eles não querem me conhecer, então por que eu haveria de querer conhecê-los, cuidar deles? Por que me esforçar por causa deles? Mudar toda a minha vida por eles? Só porque eles perderam a mãe e não têm mais ninguém? Mas eu não fiz isso. Porque não seria justo. Realmente não seria.

Rich e Jade olhavam para o chão. Quando ergueram os olhos de novo, Chance tinha saído.

– Talvez devêssemos dar um tempo para ele – disse Rich a Jade. – Devolver-lhe o celular e os cigarros. – Ele sentia a tensão de Jade. – Você não pode culpá-lo pelo que aconteceu com a mamãe.

– Só porque ele de repente fica todo piegas e diz que se preocupa não significa que seja verdade – protestou Jade.

– Ele disse que nós conversaríamos – observou Rich.

– É, mas primeiro ele vai nos despachar para a escola. E depois? Uma babá em casa para os feriados, para que ele possa fazer esse trabalho importante dele? Para que ele possa seguir sua carreira sem ser incomodado. Bom, nós não precisamos de nenhuma Mary Poppins.

– Vou contar a ele que você pegou o celular, os cigarros – decidiu Rich – e o isqueiro.

– Seu insuportável! – Jade tentou agarrar Rich, mas ele já estava indo para o escritório.

Eles ouviram o telefone tocar e pararam perto da porta do escritório.

A porta estava um pouco aberta e eles conseguiram ouvir a voz de Chance lá dentro.

– Não, aqui em casa não dá – ele dizia. – Muitos... transtornos neste momento.

– Ele está falando de nós – Jade balbuciou para Rich.

– Eu sei – ele balbuciou de volta. – Nós não deveríamos estar escutando – ele sussurrou. Mas nenhum deles se afastou da porta.

– Eu a guardei em um lugar seguro – dizia Chance. – Vou levá-la comigo. Certifique-se de entregá-la a alguém que saiba o que fazer com a coisa. Não posso correr o risco de eles a encontrarem.

– Ele está falando de nós outra vez? – murmurou Jade.

Rich fez uma careta.

– Meia hora, então – disse Chance. – Em algum lugar seguro onde possamos conversar e eu possa entregá-la a você. Mas não venha aqui, não importa o que você faça... Porque eu estou lhe dizendo. – Agora ele parecia irritado. – Ponha-os em perigo e esta será a última vez que trabalho para você. – Houve uma pausa. – Aquele antigo ferro-velho? Sim, eu conheço. Totters Lane, não é? Sim. Meia hora.

Jade agarrou o braço de Rich e o puxou para dentro do quarto.

– O que foi? – disse Rich.

– Como assim, "o que foi"? Se o trabalho dele é tão importante e se é honesto, e se ele realmente trabalha na indústria de petróleo...

– Se? – contrapôs Rich.

– Sim, se... Se tudo isso for verdade, então por que ele vai para um encontro entregar algo que não deveria ter, em um ferro-velho?

Rich suspirou.

– Tudo bem. Olha, ele disse que havia coisas que não podia nos contar neste momento. Mas talvez nós devamos descobrir.

– É? E como?

– Indo atrás dele e vendo com quem ele se encontra.

– Nós não podemos fazer isso – disse Jade. – Ou podemos?

Rich deu de ombros.

– Se você pode roubar o celular dele, eu não vejo por que não podemos segui-lo para um encontro.

De repente Chance abriu a porta do quarto deles.

– Olhem, sinto muito – ele disse. – Tenho de sair agora. Conversamos de novo quando eu voltar, tudo bem?

– Tudo bem – disse Jade.

Eles o viram atravessar a sala. Ele parou para pegar os cigarros que estavam em cima da televisão. Parecia prestes a abrir o maço, mas viu que Jade e Rich ainda o observavam, então enfiou os cigarros no bolso do casaco.

– Volto mais ou menos em uma hora – disse Chance. E não esperou resposta.

Eles ouviram a porta do *hall* fechar.

– Vamos vê-lo muito antes disso – disse Rich.

7

Já estava escurecendo. Havia um leve chuvisco, o bastante para atravessar o casaco de Jade e fazer o ar parecer mais frio do que realmente estava.

– Lá está ele, olhe – disse Rich, apontando para um vulto escuro que passava embaixo de um poste de luz mais à frente na rua. Eles correram atrás de Chance, ficando na sombra para o caso de ele olhar para trás.

Ele não olhou, e Jade sabia que ele nem desconfiava que eles o estavam seguindo. Mas de repente Chance disparou para dentro de um beco. Se ela tivesse piscado, poderia tê-lo perdido de vista; parecia que ele tinha simplesmente desaparecido no ar.

Eles se aproximaram da entrada do beco hesitantes, para o caso de Chance estar parado esperando por eles. Jade não tinha medo dele, mas não conseguia nem pensar em outra discussão. Apesar de toda a sua insolência, ela não gostava de discutir com ninguém, nem quando as outras pessoas estavam erradas.

Rich olhou para ela, e Jade balançou a cabeça.

– Vamos – ela disse em voz baixa.

Juntos, caminharam para a entrada do beco e olharam em volta.

Nada.

O beco estava vazio.

Chance tinha sumido.

Eles correram beco adentro e descobriram que ele fazia uma curva acentuada e dava para uma rua movimentada. Um ônibus espirrou água neles quando passou por uma poça rasa. As pessoas caminhavam apressadas, apertando o casaco contra o corpo à medida que a chuva engrossava. Carros e táxis espirraram água também depois do ônibus.

Não havia nenhum sinal de John Chance.

– É como se ele soubesse que nós o estávamos seguindo – queixou-se Rich.

– Mas como ele poderia? – disse Jade.

– Talvez ele apenas tenha pensado que alguém poderia segui-lo – disse Rich. – Não nós, alguma outra pessoa. Não sei. Precisamos encontrar uma livraria.

Jade olhou para ele.

– Não. Nós precisamos encontrar o papai.

– Então agora ele é o papai, é? – Rich parecia achar aquilo divertido.

– De que jeito eu vou chamá-lo? E como uma livraria vai nos ajudar? Ou você quer só pegar alguma coisa para ler?

Enquanto eles caminhavam, uma mulher com cabelo preto longo saiu das sombras. Tomava cuidado para se manter bem atrás, embora nenhum dos gêmeos tivesse notado que ela os estava seguindo desde que eles saíram de casa.

Havia uma livraria mais à frente na mesma rua. Era uma filial pequena de uma grande rede e tinha o que Rich queria: um *Guia A-Z* de Londres.

– Você vai procurar o nome dele no índice? – sugeriu Jade. – John Chance está aqui, com uma grande flecha, quem sabe?

Em resposta, Rich apontou para um ponto em um dos mapas.

– É aqui que estamos agora, certo? Bem aqui.

– E daí?

Rich correu o dedo pela página oposta.

– Essa é a Totters Lane.

– É claro. Onde fica o ferro-velho. Quanto custa o livro?

Rich fechou o livro e o pôs de volta na estante.

– Não sei – disse –, mas eu consigo me lembrar do trajeto que vi no mapa. Vamos. Temos quinze minutos até o encontro dele.

No momento em que eles saíram da loja, a mulher que ficara parada do outro lado da livraria, escutando cuidadosamente, tirou um celular de sua bolsinha de mão.

– Totters Lane – ela disse, assim que a ligação foi atendida. – No ferro-velho. Ele vai estar lá em cerca de dez minutos.

Chance parou para fumar um cigarro. Ficou surpreso ao ver que o maço estava cheio.

Olhou para as pontas dos cigarros bem apertadas e fez uma careta. Ele não tinha acabado o maço, e o isqueiro tinha ficado dentro. Sua mente examinou rapidamente as possibilidades. Olhou o relógio e concluiu que era tarde demais para voltar para casa e descobrir com Jade e Rich o que acontecera. Ele tinha de estar no ferro-velho em menos de dez minutos. Depois decidiria o que fazer.

Mas ele tinha uma caixa de fósforos no bolso. Pelo menos podia fumar.

Dez minutos depois, sem fôlego, Rich e Jade chegaram ao ferro-velho. No fim da rua havia imensos portões duplos de metal pesado entreabertos. Jade entrou primeiro, seguida por Rich.

Não havia nenhuma luz no pátio. Os portões e os muros altos impediam a entrada da maior parte da luz das ruas de fora. Eles se viram em um mundo de sombras e silhuetas. Havia uma área ampla logo depois dos portões, onde caminhões e carros podiam circular. Passando essa área, o lugar era uma selva de lixo descartado. Havia carros empilhados uns sobre os outros ou esmagados sob o peso dos de cima. Carrinhos de bebê, carrinhos de feira antigos, estrados de ferro, bicicletas velhas, tudo amontoado. Páginas de jornal molhado esvoaçavam como bolas de arbusto no deserto.

– Este lugar é enorme – disse Jade. Falou em um sussurro ciciante, como se os carros destroçados pudessem ouvi-la.

– Ele pode estar em qualquer lugar – concordou Rich.

Quando ele terminou de falar, houve um som vindo de trás deles, um som de coisa raspada e arranhada quando os portões pesados foram empurrados e se abriram. Rich agarrou a mão de Jade, e eles correram para as sombras mais próximas, escondendo-se na escuridão ao lado da carcaça dilapidada de um velho Rover.

Um vulto escuro entrou no pátio e parou na escuridão. Houve um lampejo de luz quando ele acendeu um fósforo, e os gêmeos puderam ver que era o pai deles. Ele acendeu um cigarro e jogou o fósforo fora.

– Ele demorou – sussurrou Jade.

– Veio pelo caminho mais longo – sussurrou Rich. – Para ter certeza de que não estava sendo seguido, lembra?

– Mas quem ele vai encontrar?

Enquanto Jade falava, eles ouviram o som de um motor – um veículo se aproximando em alta velocidade. Chance também ouviu e se afastou depressa dos portões, obviamente esperando que eles fossem abertos.

Os portões se abriram com um estrondo quando uma grande *van* azul entrou no pátio. Os pneus cantaram até o carro parar, patinando no piso molhado. Dois homens saltaram e correram direto para Chance. Um pé de cabra pesado captou a luz da rua, além dos portões amassados, quando um dos homens o levantou acima da cabeça de Chance.

Jade gritou, mas ninguém além de Rich ouviu.

A barra pesada desceu. Chance deu um passo para o lado e enfiou o cotovelo no estômago do homem. O atacante se dobrou, deixando cair a barra. Chance imediatamente o agarrou pelo pescoço e o girou na direção do outro atacante. Os dois caíram gritando de dor.

Chance recuou, pronto para receber outro ataque.

Um dos homens sacou uma arma do cinto. Ouviu-se o estampido em *staccato* de um tiro seguido pelo som do impacto da bala no chão perto de Chance. Depois houve uma confusão de movimentos enquanto Chance corria direto para o homem com a arma. Ele deu um chute e a arma saiu voando.

– A gente devia ajudar – disse Jade. Mas ela estava congelada no lugar enquanto assistia.

– Não sei se ele precisa de ajuda – disse Rich quando Chance esmurrou o rosto do atirador. Os gêmeos estremeceram ao ouvir o barulho dos nós dos dedos no queixo.

Mas tinham aparecido mais dois homens, saídos da traseira da *van*, e eles estavam correndo para cima de Chance. O homem que perdera a arma gemia no chão. O do pé de cabra tinha se recuperado suficiente para se juntar a seus colegas quando eles caíram sobre Chance.

Jade ia começar a correr pelo pátio, mas Rich agarrou o braço dela.

– Não! Não há nada que a gente possa fazer – ele disse. – Eles estão armados. Olhe.

Os dois recém-chegados tinham armas apontadas para Chance, que levantou os braços se rendendo. Assim que ficou claro que ele não era mais uma ameaça, um dos homens se adiantou e golpeou Chance na cabeça com a arma. Ele caiu de joelhos. Olhou para o homem que o atingira, e

Jade pôde ver que o rosto do pai estava cheio de raiva, e não de medo ou dor.

Então o olhar de Chance mudou, mirando além de seus atacantes, direto para Jade, quando ela estava em plena vista, fora das sombras protetoras. Ele mexeu a cabeça da forma mais sutil, deu o sorriso mais discreto. Rich agarrou a mão de Jade e a puxou de volta para a escuridão.

Os homens levaram Chance para a *van* e o enfiaram na traseira. As portas se fecharam, então a *van* virou em um círculo vagaroso e saiu pelos portões quebrados.

Jade e Rich esperaram um pouco, depois saíram lentamente atrás da *van*, para a rua. Nenhum deles falou. E nenhum deles percebeu a mulher com cabelo preto longo que estava em um vão de porta escuro um pouco adiante na rua. Tampouco viram o homem com capa de chuva cinza comprida parado na sombra ao lado dos portões. Mas a mulher o viu. Ela observou quando ele tirou os óculos de armação escura e secou com um lenço branco a água da chuva que havia neles. Depois ele esperou os gêmeos se afastarem para usar o celular.

– Phillips falando, senhor – ele disse assim que a chamada foi atendida. – Vim encontrar Chance como combinado, mas infelizmente há um probleminha. – Ele viu Rich e Jade virarem no fim da rua em direção à rua principal. – Na verdade são dois problemas – disse em tom grave.

8

Rich e Jade pararam no fim da rua e olharam para um lado e para o outro da rua principal.

– Eles estavam armados – disse Jade. – Aqueles homens... você não viu que eles tinham armas?

– Vi – disse Rich.

– Em Londres, Inglaterra. Aqui as pessoas não têm armas.

– Jade, acalme-se – disse Rich. – Isso não vai ajudar. Temos de encontrar o papai, certo?

– Certo. – Jade respirou fundo. – Em que direção foi a *van*? – ela perguntou.

Rich fez que não com a cabeça.

– Meu Deus, você é um inútil – ela resmungou.

– É – ele concordou. – E eu imagino que você viu para onde ela foi, pegou o número e tudo o mais.

– Meu Deus, eu também sou uma inútil. Quem eram eles?

– Eu não sei.

– Para onde eles o levaram?

– Eu não sei.

– O que eles querem com ele?
– Olhe, eu sou um inútil, certo? – disse Rich. – Eu não sei.

Jade andava de um lado para o outro, olhando em todas as direções na rua:

– O que nós vamos fazer? E não diga "Eu não sei". Pense em alguma coisa. Qualquer coisa.

– Bem... – disse Rich – nós podíamos voltar para casa e esperar que ele apareça. Talvez tenha sido uma pegadinha, alguns colegas de trabalho dele...

– Eles tinham armas! – disse Jade. – E bateram nele. Não estavam brincando.

– Não – disse Rich em voz baixa. – Você não pode ficar quieta um minuto? – Ele sentou na calçada molhada e Jade desabou ao lado dele. – Talvez em casa – ele disse. – Talvez haja alguma pista sobre quem são essas pessoas, por que o querem e para onde o levaram. Ou, se elas o soltarem, ele vai voltar para casa. Ou ligar. Sei lá.

– Talvez os caras que o levaram liguem – disse Jade – e peçam um resgate.

– Nós não temos nenhum dinheiro – observou Rich. – De qualquer jeito, provavelmente você não pagaria para tê-lo de volta.

Jade não respondeu a isso.

– Poderíamos chamar a polícia.

– Provavelmente é o certo a fazer – concordou Rich.

– Se eles acreditarem em nós.

– Nós vimos. Aconteceu. Ele foi levado. Eles vão ter de acreditar em nós.

Jade pegou o celular.

– Então vou ligar para a emergência.

Rich fez que não com a cabeça.

– Eu prefiro falar com uma pessoa de carne e osso. Ter certeza de que eles vão fazer alguma coisa. – Olhou Jade nos olhos. – Ele é nosso pai. É tudo o que temos.

Ela suspirou. Então balançou a cabeça, concordando.

– Vamos trazê-lo de volta – ela disse. – Seja lá o que ele estiver fazendo, seja lá no que ele estiver envolvido, não importa o que for preciso, nós vamos trazê-lo de volta.

O interior da delegacia de polícia era menor do que Jade esperava. Havia uma pequena área para sentar, onde várias pessoas entediadas aguardavam, e uma mesa alta com um computador. Atrás da mesa, Jade pôde ver outra sala e vários policiais, homens e mulheres, ocupados em seus computadores.

Havia um policial de pé à mesa, um sargento, a julgar pelas três faixas na manga de seu uniforme. Ele olhou para Jade e Rich quando eles se aproximaram, depois voltou a escrever em um livro.

– Nosso pai foi sequestrado – disse Jade.

O sargento ergueu os olhos.

– Sequestrado? – ele repetiu.

Jade fez que sim com a cabeça.

– Claro que foi – disse o sargento. – E eu sou o papa.

– Não, ele foi mesmo – disse Rich. – E o senhor não é o papa. O senhor é um policial que deve nos ajudar.

O sargento suspirou.

– Então eu suponho que seja melhor vocês me contarem tudo.

Ele ouviu enquanto Jade e Rich faziam um relato dos acontecimentos da noite. Então disse:

– Vocês não parecem conhecer muito seu pai.

– Nós acabamos de conhecê-lo – informou Jade.

– Vocês acabaram de conhecer seu pai?

– Nós vivíamos com nossa mãe – disse Rich. – Só que ela morreu. Agora estamos com o papai.

– E ele foi sequestrado por bandidos armados que estavam em uma *van*.

O sargento se virou por um momento, como se consultasse alguém fora de vista na sala ao lado.

– Em um ferro-velho – repetiu quando olhou de novo para eles.

– Sim – insistiu Jade.

– Vocês já ouviram falar em desperdiçar o tempo da polícia? – perguntou o sargento.

– Sim – disse depressa Rich, antes que Jade pudesse responder –, mas não estamos fazendo isso.

– Você acha que nós queremos estar aqui com você? – perguntou Jade. E deu uma risada sarcástica.

O sargento pareceu considerar isso.

– Tudo bem, deixem-me anotar alguns detalhes e vamos ver o que podemos fazer.

– Ótimo. Até que enfim – disse Jade.

– Primeiro os nomes – disse o sargento. – O de vocês e o de seu pai.

Eles disseram e o sargento digitou em seu computador.

– É John com "h", não é? – perguntou o sargento. – E como se soletra Chance?

Rich soletrou o nome. O sargento digitou por um tempo um pouco maior, depois balançou a cabeça para os lados.

– Não – disse a eles.

– O que você quer dizer com "não"? – exigiu Jade.

– Eu posso verificar todos os registros públicos daqui: lista de eleitores, lista telefônica, cadastros de impostos municipais. E posso verificar também os dados da polícia e todos os que pagam conta de luz ou de gás.

– E daí? – perguntou Rich.

– Daí que não há ninguém chamado John Chance.

– Talvez ele esteja registrado em um endereço diferente – disse Rich. – Ele não está lá há muito tempo.

– Isso mesmo – concordou Jade, lembrando-se das cartas endereçadas ao inquilino anterior.

Mas o sargento fazia que não com a cabeça.

– Eu não estou falando apenas desse endereço. Verifiquei a base de dados de toda a cidade de Londres. Não há nenhum John Chance listado. Pelo menos não em nenhum lugar mais perto do que Bedfordshire. Ele se inclinou para a frente por cima da mesa, com o rosto sério e a voz baixa. – Talvez vocês prefiram ir embora e pensar nisso – disse.

Jade estava prestes a responder, para dizer o que achava dele, de seu computador e de sua base de dados. Mas Rich agarrou o braço dela.

– O senhor tem razão. Acho que é melhor irmos – ele disse.

Jade compreendeu o tom de voz dele. Rich tinha razão, claro... não havia sentido em discutir ou se meter em mais problemas. Ela se virou e saiu da delegacia de polícia.

Rich e Jade caminharam pela rua, na direção de casa. Rich parou e olhou para trás, para a delegacia de polícia.

– Esse não é um nome tão incomum, é? Ninguém chamado John Chance? Absolutamente ninguém em toda a Londres?

– E daí, o que você quer dizer? – perguntou Jade.

– O policial está mentindo. Não sei o que está acontecendo, Jade. Não sei no que nos metemos. Mas não estou gostando disso.

Na delegacia de polícia, o homem que estivera nas sombras do vão da porta ao lado da mesa deu um passo à frente e acenou com a cabeça para o sargento que estava na mesa.

– Foi ótimo, obrigado.

O sargento não disse nada. Não gostava de enganar ninguém, principalmente crianças.

– Eles vão ficar bem – garantiu-lhe o homem. Olhou para o sargento através dos óculos de armação escura por um momento, então abotoou a capa de chuva cinza comprida e saiu andando.

Andrew Phillips caminhava lentamente pela rua. À sua frente ele podia ver os gêmeos Chance, de cabeça baixa, voltando, supunha, para casa. Não que fosse realmente a casa do pai deles, é claro. Eles iam acabar descobrindo. Eram garotos inteligentes. Mas isso não facilitava nada as coisas. Phillips suspirou e pegou seu celular.

O pequeno telefone era um pouco mais volumoso e pesado do que precisava ser. Os misturadores de voz embutidos em celulares estavam ficando cada vez menores, mas ainda aumentavam muito o tamanho do telefone. Phillips apertou a combinação de teclas que ativava o aparelho que criptografaria sua voz e decifraria os dados de voz misturados que chegariam a ele. Então digitou o número.

O telefone do outro lado foi atendido imediatamente.

– Senhor Ardman – disse Phillips. – Só para relatar como as coisas estão progredindo. – Ele fez um breve resumo dos acontecimentos na delegacia de polícia.

– Você não está contente com isso, não é, Andrew? – disse Ardman depois que ele terminou. – Posso notar. Eu também não estou contente.

– Eles são apenas crianças. Já perderam a mãe.

– E agora parece que Vishinsky tem o pai deles. Eu concordo, não parece muito bom, não é?

– Esse é o eufemismo do ano – murmurou Phillips. O *software* do misturador no telefone amplificou suas palavras antes de criptografá-las, de forma que Ardman pudesse ouvi-las.

O suspiro de frustração de Ardman também foi amplificado e transmitido claramente.

– Se Vishinsky estiver com Chance – disse o homem –, e eu não sei quem mais pode estar por trás disso, então ele provavelmente já está morto. Se não, estará muito em breve. O que só deixa uma pergunta.

– O que Chance fez com a amostra? – disse Phillips. – Ele ainda não teve oportunidade de passá-la para mim em segurança porque estava ocupado com essa história dos filhos e com o fato de estar sendo observado pelo pessoal de Vishinsky. Ele deve tê-la escondido.

– E precisamos encontrá-la antes que Vishinsky o faça. As coisas não parecem boas, Andrew, tenho de admitir. Mas existe a possibilidade de Chance ainda estar vivo e resistindo. Há também a possibilidade de os filhos dele saberem onde a amostra está escondida. Se não, eles podem atrair o pessoal de Vishinsky, fazê-los achar que estão em vantagem e se revelar. De todo modo vale a pena mantê-los no jogo. Talvez eles até possam conseguir nos ajudar a trazer o pai de volta.

Phillips não estava convencido.

– Como você disse, Chance provavelmente está morto. Mas se não estiver... – Sua voz engasgou e sumiu.

– Sim? – estimulou Ardman.

– Se não estiver – disse Phillips – e descobrir que pusemos deliberadamente seus filhos em perigo, nesse caso, eu, por exemplo, não me preocuparia mais com Vishinsky. E você?

Houve uma pausa do outro lado da linha enquanto Ardman considerava essa hipótese.

– Provavelmente não – ele concordou por fim. – Nesse cenário, imagino que todos nós estaremos mortos.

John Chance abriu os olhos, mas já sabia que não veria nada – sentia o capuz sobre a cabeça. Pelo zumbido baixo e pela leve sensação de movimento, John Chance percebeu que estava em um avião pequeno, provavelmente um jato particular. Ele podia imaginar a quem o avião pertencia. Mudou levemente de posição, apenas o suficiente para ter certeza de que seus punhos e tornozelos estavam amarrados. Apenas o suficiente para saber que não havia um jeito fácil de escapar.

Não, ele tinha de aguentar firme. Pelo menos por enquanto. Vishinsky ia querer saber onde a amostra estava escondida. Chance sabia que enquanto ele não revelasse o paradeiro da amostra ele tinha alguma chance de sobreviver. A ironia disso tudo, é claro, era o fato de ele na verdade não saber onde a amostra estava.

Então fechou os olhos, não que fizesse muita diferença, e se preparou para uma viagem longa e entediante. Era melhor poupar as forças para qualquer oportunidade de fugir, por menor que fosse. Chance não estava amargurado. Não culpava ninguém pelo sufoco que estava passando – era um risco comum à sua atividade. Mas estava incomodado com o fato de ainda não ter conseguido mandar Rich e Jade para a escola. Estava irritado e preocupado com o fato de eles terem visto o que acontecera no ferro-velho. E determinado a garantir que, fosse qual fosse o destino que o esperava, nada prejudicasse seus filhos...

9

Quando lhe tiraram o capuz, John Chance piscou por causa da luz repentina. A primeira coisa que viu foi o teto curvo do avião. Ele estava em uma poltrona grande e confortável. Não havia nenhuma fileira na frente, apenas um amplo espaço aberto até a grande divisória muito à frente. "Conforto e estilo", pensou Chance. Exceto, é claro, pelo fato de ele estar amarrado.

– Boris Ieltsin em pessoa se sentou nesta poltrona – disse uma voz penetrante e grave, com pesado sotaque russo. – Várias vezes.

– Que engraçado. – A resposta de Chance foi pouco mais que um grunhido. – Não parece haver espaço suficiente.

– Nosso hóspede está com sede – disse a voz. – Provavelmente também está cansado. Viajar é um trabalho muito duro.

O homem da voz penetrante apareceu em frente a Chance. Era alto, levemente curvado, com um cabelo quase branco de tão grisalho. Impecavelmente vestido em um terno cinza-claro feito sob medida.

– Viktor Vishinsky – apresentou-se o homem alto e grisalho. – Estou encantado por você ter se juntado a mim.

– Como eu poderia recusar? – Agora a voz de Chance era mais forte. Ele levantou as mãos amarradas juntas nos pulsos. Seus tornozelos também estavam amarrados, e ele sentia as cordas morderem sua carne. Correias o prendiam firmemente à cadeira. – Você vai me perdoar se eu não apertar sua mão, mas... – Ele deixou as mãos caírem.

– Mas você está bastante imobilizado no momento – disse Vishinsky. Os dentes apareceram em seu rosto magro, mas não houve nenhuma outra indicação de que ele estivesse se divertindo. Os olhos permaneciam cruéis e cinza.

– ... eu nunca aperto a mão de insetos como você – continuou Chance, como se o homem não tivesse falado.

Houve uma ligeira pausa. Então, o que havia de sorriso desapareceu. Ao mesmo tempo, um punho socou o estômago de Chance. Ele queria se dobrar de dor, mas não conseguia se mexer por causa das correias que o prendiam à poltrona. Um homem grande com uniforme branco de comissário de bordo riu da dor de Chance e cerrou o punho de novo.

– Por favor, por favor – admoestou Vishinsky. O tom de sua voz parecia sensato, calmo e amistoso. Mas Chance sabia que o homem o mataria sem hesitação quando lhe conviesse.

Vishinsky estava falando de novo.

– Sei quem é você, senhor Lessiter – ele disse.

Chance sorriu diante do uso de seu apelido. O sorriso sumiu quando Vishinsky continuou:

– Ou talvez eu devesse dizer senhor Chance?

– Você me trouxe até aqui para verificar o meu currículo, foi isso? – disse Chance.

– Não. Mas eu devo me desculpar – disse Vishinsky – por não ter percebido antes que tinha um cavalheiro tão talentoso em minha equipe. Vou ter de me certificar de que no futuro a KOS verifique de modo muito mais diligente os chamados especialistas que contrata.

– É sempre melhor confirmar as referências – disse Chance em voz baixa.

Vishinsky o ignorou.

– Mas enquanto isso, o que faremos com você? – ele se perguntou, inclinando-se para a frente para olhar bem no rosto de Chance. – Matá-lo?

– Seus homens podiam ter feito isso em Londres – observou Chance. – Você não precisava primeiro me pôr em um avião.

– E para onde você acha que estamos indo? – perguntou Vishinsky. Mas não esperou pela resposta de Chance e caminhou lentamente até uma mesa fixada no chão do outro lado da ampla cabine. Serviu a si uma bebida de um decantador – um líquido incolor que Chance imaginou ser vodca.

– Imagino que estamos indo para o Krejiquistão – disse Chance – ou para a sede da Krejikistan Oil Subsidiaries, ou para sua humilde residência.

– Ah, eu tenho várias residências humildes. – Vishinsky bebeu a vodca. – Continue, isso é muito esclarecedor.

– Muito bem. Imagino que você se deu todo esse trabalho de me sequestrar porque quer algo de mim. Algo mais do que um bom bate-papo.

– Você sabe o que eu quero – disse Vishinsky.

– Sei?

– Ah, eu acho que sabe – Vishinsky parecia se divertir mais do que se irritar. – Imagino que você esteja se perguntando o que é e por que precisamos dela. Aquela pequena amostra de fluido que você tirou de minhas instalações em Londres.

Chance não pôde deixar de sorrir.

– Eu imagino que você a queira porque nós explodimos o resto das instalações; portanto essa amostra, supondo que eu tenha pego uma amostra, seria a única coisa que sobrou.

– Nós sabemos que você pegou uma amostra – disse Vishinsky. – Temos a gravação do circuito interno de tevê. Vimos você perto do tambor.

– Isso é o que você acha – disse Chance. – Mas, se eu peguei ou não uma amostra, por que vocês simplesmente não fazem mais daquela coisa?

Vishinsky olhou para o comissário, que parecia prestes a bater de novo em Chance, mas depois de um momento o homem ergueu a mão para impedir o golpe.

– É uma fórmula muito complicada que infelizmente só quem a conhecia era o cientista que a criou. Claro, seria bastante fácil refazer a fórmula se houvesse uma amostra do fluido. E você tem uma amostra.

– Mas você – disse Chance – tem o cientista e a pesquisa dele... – Então ele riu quando se deu conta. – Não, você não tem, não é? O que aconteceu? Você se livrou dele cedo demais? Supondo que ele tinha documentado a pesquisa quando na verdade ele não tinha se preocupado com isso, ou que ele a escondera muito bem?

– Houve um acidente. – Agora Vishinsky parecia irritado. Esvaziou o copo e o encheu de novo. – O carro do sujeito... Foi um evento muito triste.

– Posso imaginar.

– Mas, para sua informação, ele detalhou a pesquisa meticulosamente. Nós nos certificamos disso. Você acha que somos imbecis? Mas as anotações dele, seus papéis...
– Ele parou de falar, estreitando os olhos.

– Não me diga que vocês não conseguem encontrar – disse Chance. – Não me diga que o pobre homem a escondeu como garantia, na vã esperança de vocês não o matarem para que ele não pudesse reproduzir seu trabalho para ninguém mais.

– Ele não a escondeu – negou Vishinsky. – Foi, como eu disse, uma tristeza. Mas ele carregava consigo suas anotações e papéis o tempo todo.

– Levou até o túmulo, foi isso?

– O carro devia apenas bater – disse Vishinsky. – Mas acabou pegando fogo.

– Ah! – Chance fez o melhor possível para parecer mortificado. – Ah, que coisa mais triste!

– É triste, sim – concordou Vishinsky, porque significa que precisamos de você. Ou melhor, da amostra que você pegou. E é especialmente triste que o meu auxiliar fará qualquer coisa, infligirá qualquer dor, para fazê-lo nos contar onde ela está escondida.

– Mesmo assim, por que eu deveria? O que eu ganho com isso?

– O que você ganha? – Vishinsky sorriu de novo. – Uma morte limpa, rápida, sem dor.

– E você?

Vishinsky sorriu.

– Vamos dizer que isso melhoraria consideravelmente minha posição.

– Por causa dessa fórmula, dessa amostra de fluido que você acha que eu tenho? – perguntou Chance.

– Exatamente – disse Vishinsky, reerguendo o copo como se fizesse um brinde.

Chance riu.

– Diga onde ela está – exigiu Vishinsky.

– Talvez você ache isso difícil de acreditar, mas eu realmente não sei.

O comissário se deslocou rapidamente. Outro soco. Ainda mais forte. Mas Chance já estava esperando e conseguiu contrair os músculos do estômago, de forma que não foi tão ruim.

– Você conhece um homem chamado Andrew Phillips? – perguntou Vishinsky.

– Nunca ouvi falar nele – mentiu Chance.

– Nós temos fotos de você se encontrando com ele várias vezes enquanto trabalhava na KOS. Em alguns lugares muito estranhos. Até no ferro-velho onde o pegamos ontem à noite. Você acredita que ele também estava lá? Um de meus colaboradores o viu por acaso saindo e o seguiu. Imagino que o senhor Stabb saiba exatamente onde ele está agora.

– É mesmo? – Chance tentou parecer entediado.

Vishinsky fez que sim com a cabeça.

– É mesmo. E acho que talvez nós perguntemos ao senhor Phillips onde pode estar essa amostra. Se ele souber, tenho a impressão de que não vamos mais precisar de seus serviços.

– Trágico.

– Para você, sim. Mas se ele não souber, vou querer falar com você de novo.

– Mal posso esperar – disse Chance.

– Deixei o senhor Stabb em Londres para supervisionar as coisas lá – disse Vishinsky. – Meus homens em Londres podem falar com seu amigo Phillips assim que for conveniente. Mas se não conseguirmos nada, então há dois adolescentes com quem eles podem precisar falar. – Ele olhou atentamente para Chance, como se o analisasse para perceber alguma mudança de expressão, qualquer insinuação de sentimento. – Mas vamos torcer para que não precisemos chegar a isso. Eu odeio ver crianças sofrer. E você?

Chance enfrentou o olhar do homem sem piscar. Seu rosto era uma máscara sem expressão.

– O sofrimento deles não será nada comparado ao seu.

10

– Nós podíamos ligar para a senhora Gilpin – disse Jade.

– E o que dizer a ela? Que o papai foi sequestrado? Vai parecer maluquice – Rich tinha afundado no sofá enquanto Jade andava de um lado para o outro na frente dele. Ele não tinha ideia do que fazer agora, e o movimento constante de Jade o irritava. Mas não adiantava discutir com ela.

– Não importa o que vai parecer! – disse Jade. – Aconteceu!

Rich resmungou.

– Eu sei. Eu estava lá, lembra? Você também podia ligar para a Charmaine. Ela ajudaria muito.

– Pelo menos ela acreditaria em nós – disse Jade. Então sentou no sofá ao lado do irmão. – O que vamos fazer?

– Vamos encontrá-lo – disse Rich. – Não sei como, mas não podemos ficar aqui sentados enquanto o papai está desaparecido.

– Você acha… – Jade se virou, desviando o olhar dele –, você acha que eles vão… – parou de falar, mordendo o lábio.

– Matá-lo? Não sei. Realmente não sei – Rich afagou o ombro dela. Eles precisavam fazer alguma coisa, ele pensava. Qualquer coisa que os fizesse se sentir ocupados e impedisse que ficassem deprimidos demais. Se Jade tivesse uma de suas crises de mau humor, ia ficar enfiada no quarto sem fazer absolutamente nada, e isso não seria bom para ninguém. – Vamos olhar as coisas do papai para ver se encontramos alguma pista.

– Que pista? – perguntou Jade, seguindo Rich para o escritório.

– Só vamos saber quando a encontrarmos – ele admitiu. – Mas ele foi levado por algum motivo. Se conseguirmos descobrir por quê, será mais fácil saber quem. E depois tentaremos descobrir onde. Certo?

– Certo – Jade enxugou os olhos com as costas da mão e foi até a mesa. Começou a folhear os papéis que estavam em cima dela. – Imagino que precisemos de endereços, números de telefone, qualquer coisa.

– Você acha que ele ia se encontrar com os homens que o levaram? – especulou Rich. – Com certeza ele ia encontrar alguém.

– Se não eram eles, quem era? – concordou Jade.

Nesse momento, uma campainha tocou. Demorou um pouco para eles perceberem que era a campainha da porta, pois eles não a tinham ouvido antes. Então os dois correram para ver quem estava lá.

Quando chegaram à porta, ouviram o som de uma chave sendo enfiada na fechadura.

– Pai?! – exclamou Rich, abrindo a porta.

O homem que estava lá fora, segurando a chave, era um estranho. Usava óculos de aro grosso e uma capa de chuva comprida. Com a mão que estava livre, ele apertava o peito por dentro do casaco. E oscilava um pouco.

– Quem é você? – perguntou Jade.

Em resposta, o homem caiu para a frente, e Rich mal conseguiu agarrá-lo e levantá-lo.

– Ajude a levá-lo para dentro – ele disse.

– Por quê? – Jade quis saber. – Quem é ele?

– Eu não sei – Rich ofegava sob o peso do homem. – Apenas me ajude, certo?

O homem parecia ter se recuperado suficiente para sustentar uma parte de seu peso. Com a ajuda de Rich e de Jade, ele claudicou pela sala até cair no sofá.

– Chance – ele disse, com a voz áspera por causa do esforço.

– Ele não está aqui – disse Rich.

– Você sabe onde ele está? – perguntou Jade.

O homem fez que não com a cabeça.

– Ela está segura? A amostra. Ela está segura?

– Que amostra? Do que ele está falando? – Jade se inclinou sobre o homem, encarando-o. – Quem é você? Você sabe o que aconteceu com nosso pai?

Mesmo de onde estava, Rich viu que os olhos do homem estavam vidrados e fora de foco. O garoto esfregou os dedos e ergueu a mão do homem até a altura de seu rosto. Estava coberta de sangue. Não apenas uma mancha ou um borrifo, era como se ele estivesse usando uma luva vermelho-escura. No chão, Rich viu a trilha vermelha, percorrendo a sala até o sofá.

Jade também pareceu ter percebido haver algo terrivelmente errado. Ela se levantou devagar, como se mal ousasse se mexer. Viu que a capa do homem se abrira. Ele ainda mantinha a mão no peito, e escorria sangue entre seus dedos, manchando toda a frente da camisa.

– Ah, meu Deus – disse Jade em voz baixa. – O que aconteceu com você?

– Ele levou um tiro – Rich percebeu horrorizado.

O homem se esforçava para falar.

– Não se preocupem comigo. Apenas... a amostra.

Jade olhou para Rich e depois de novo para o homem.

– Nós não sabemos de nenhuma amostra. Não temos a menor ideia do que você está falando. Quem é você? – ela perguntou outra vez.

– Phillips – disse o homem com a voz entrecortada. Agora falar parecia ainda mais custoso. – Andrew Phillips. Amigo de Chance, o pai de vocês.

Rich tinha a impressão de que estava olhando através de uma neblina, mas aos poucos sua visão foi clareando.

– Vou chamar uma ambulância – ele disse. – A polícia.

Phillips sacudiu a cabeça.

– É muito tarde – disse com a voz áspera. – Tarde demais. Apenas vão embora. Certifiquem-se de que a amostra está segura e saiam antes... – Suas palavras foram sufocadas por um acesso de tosse. Uma gota vermelha escorreu do canto de sua boca.

– Não diga bobagem – disse Jade. – Não podemos abandoná-lo.

– Saiam! – disse outra vez o homem, mais peremptório. Ele tentou se levantar, mas o esforço foi demasiado e ele caiu de volta no sofá. Enfiou a outra mão dentro da capa e, quando a retirou, estava segurando uma arma, uma pistola preta achatada. – Vou fazer o que puder por vocês – ele disse.

Rich olhou para a pistola.

– Talvez seja melhor fazer o que ele está dizendo. – Mas ele não achava que o homem os estivesse ameaçando. Estava avisando-os de alguma coisa, ou de outra pessoa. – Você perdeu muito sangue – ele disse.

O homem tossiu e Rich percebeu que ele estava tentando rir.

– Só um pouco. Vão, saiam daqui enquanto ainda podem.

Foi aí que a janela explodiu. Uma chuva de cacos de vidro caiu sobre o tapete, seguida por pedaços da guarnição de madeira, e uma figura escura desabou na sala. Rich só teve tempo de ver que a pessoa estava segurando um revólver e apontava direto para ele e Jade.

Ouviu-se o som de um tiro. Rich se encolheu. Mas o autor dos tiros era o homem no sofá: Phillips. Dois tiros em rápida sucessão.

O homem da janela cambaleou para trás. Sua arma caiu, disparando um tiro no teto. Então um terceiro tiro de Phillips atingiu o peito do homem e ele foi jogado para trás, em direção à janela.

Se o homem gritou, sua voz se perdeu no som da porta da frente sendo arrombada. Rich correu para a janela, seus tênis esmagando vidro quebrado e lascas de madeira.

– Não podemos pular! – gritou Jade, e ele se deu conta de que ela estava certa. Havia uma corda pendendo do lado de fora: era por ela que o homem tinha entrado. Mas ela terminava no nível da janela. Ele tinha descido do terraço do prédio.

Jade agarrou a mão de Rich e o puxou em direção à porta do *hall*.

– Não podemos sair por ali – Rich sussurrou para ela. Ele já ouvia o baque de pés correndo. Mas Jade o puxou para trás da porta, bem no momento em que dois homens vestidos de preto chegaram à entrada da sala.

Phillips tinha conseguido rolar para trás do sofá. Rich pôde ver o homem, com os dentes cerrados de dor, quando ele empunhou a pistola, atirando por cima do encosto do sofá.

Um dos homens no vão da porta pareceu tropeçar. O outro estava segurando uma arma comprida, como um rifle, mas com um cano mais curto e mais grosso. Uma metralhadora. O barulho que ela fazia era ensurdecedor, ecoando por toda a sala.

A força das balas deslocou o sofá pelo chão. Phillips tinha sumido de vista. Buracos apareceram no gesso da parede do outro lado do sofá e Rich estremeceu ao pensar no que estava acontecendo com Phillips. Então as balas varreram a parede, atingindo a tevê, que explodiu.

O homem de metralhadora tinha entrado correndo na sala enquanto atirava. O outro tropeçou nele e caiu no chão, tentando pegar uma pistola. Rich viu que sua malha preta estava molhada de um lado, e imaginou que era sangue saindo de onde Phillips o atingira.

Mas ele não esperou para ver mais. Puxou Jade para fora da porta, desesperado para sair da sala antes que algum dos homens se virasse e os visse.

Ele foi quase rápido o bastante. Quase, mas não exatamente.

O homem no chão estendeu a mão para trás para examinar onde tinha sido atingido e viu Rich e Jade pelo canto do olho. Então gritou e empunhou a pistola.

Uma bala rasgou a parede do *hall* quando Rich e Jade dispararam para a porta da frente. Um segundo depois, uma explosão ensurdecedora de tiros de metralhadora desenhou uma trilha de buracos atrás deles.

A porta da frente era uma massa de madeira estilhaçada. As dobradiças estavam torcidas e quebradas. Rich e Jade tentaram empurrá-la, e Rich sentiu que a madeira pontuda se enganchava em sua calça. Mas não parou.

– O elevador! – ele gritou para Jade.

– Lento demais – ela gritou de volta. – A escada.

Jade estava certa: o elevador não estava lá e eles não tinham tempo de esperar por ele.

Poeira e lascas de madeira cobriram os pés de Rich, e ele percebeu, chocado, que as balas estavam atingindo as tábuas do piso. Rich se atirou na direção da escada, segurando firme a mão de Jade.

O som do tiroteio parecia ter parado, mas eles continuaram correndo. Talvez os atiradores não ousassem persegui-los na rua, não quisessem chamar a atenção. Mas Rich não estava disposto a dar isso como certo.

Não pararam de correr até estarem a três quarteirões de distância. Então desabaram, ofegantes e com o coração acelerado, mãos nos joelhos, e se dobraram para recuperar o fôlego e entender o que tinha acontecido.

Carl, o homem que fora atingido por Phillips, pressionava um pano de prato da cozinha de Chance contra seu ferimento. O pano fora dobrado várias vezes para formar um tampão. O homem tinha sorte de a bala ter penetrado na parte carnosa de seu abdômen, mas sangrava muito. Com a outra mão ele estava tirando tudo o que havia em cada gaveta da cozinha.

O outro homem, Ivan, estava no escritório. O computador estava no chão, com o monitor quebrado, e por todo canto havia papéis e livros espalhados. Tudo o que estava sobre a mesa tinha sido empurrado para o chão, e a caixa na linha do telefone fora arrancada e jogada de lado.

Ele seguiu para o próximo aposento: um quarto com duas camas de solteiro. Puxou uma gaveta e descobriu que estava cheia de meias e roupas de baixo. Havia um maço de cigarros escondido entre as calcinhas, junto com um celular. O homem soltou uma bufada de riso. Menina safada.

– Acho que não está aqui! – gritou Carl em russo. E se encolheu com a dor de gritar.

Ivan voltou do quarto.

– Temos de verificar – ele respondeu. – Mas depressa.

– Não tem nem óleo de cozinha. Nada que pudesse ser o que estamos procurando.

Ivan examinou a geladeira.

– Leite? – Ele levantou a embalagem. Era de plástico translúcido, e ele desenroscou a tampa para ter certeza absoluta. – Só leite.

– E o Alexei?

Ivan fungou.

– Provavelmente morto. Mas temos de remover o corpo. Não podemos deixar nenhum vestígio. Espero que você não tenha sangrado no tapete.

Carl empalideceu ao pensar nisso.

– Eles vão encontrar meu DNA. Podem me identificar.

– Só se você estiver nos arquivos deles – garantiu a ele Ivan. – E nós não existimos. De qualquer forma, a esta hora amanhã já teremos mandado você para casa. Eles não vão encontrá-lo lá.

– E nós não vamos encontrar a amostra aqui.

Ivan suspirou.

– Acho que você tem razão. Se alguém sabe onde encontrá-la, aposto que são aqueles garotos.

– Vamos atrás deles?

Carl fez que não com a cabeça.

– Nós não. Não ainda, pelo menos. Mas se nós os encontrarmos... – não precisou completar o pensamento. Apenas sorriu.

A mulher estava na rua em frente à casa quando Rich e Jade saíram correndo. Seu longo cabelo preto era revolvido pela brisa, esvoaçando em torno dela enquanto caminhava depressa, mas sem urgência aparente, atrás dos dois jovens que corriam.

Ela parou nas sombras a cerca de cem metros de onde estavam os gêmeos, esforçando-se para respirar, e os observou cuidadosamente, imaginando a melhor maneira de se aproximar deles e conquistar-lhes a confiança. Era de vital importância que eles confiassem nela e acreditassem no que tinha a lhes dizer. Precisava fazê-los entender que era a única pessoa no mundo que podia ajudá-los agora...

11

Stabb esperava por Ivan e Carl no hotel. Estava hospedado no Gloucester, um dos maiores e melhores hotéis do centro de Londres. Depois de ter supervisionado a captura de Chance e de tê-lo mandado em segurança para o avião, Stabb gastara alguns minutos passando informações atualizadas para Vishinsky. Estava surpreso por seu patrão ter vindo pessoalmente apanhar Chance. Surpreso e um pouco incomodado. Parecia, pelas conversas que ele teve depois pelo videofone, que Chance não estava cooperando.

"Então talvez eu devesse ter ido com Ivan, Alexei e Carl atrás de Phillips", pensou Stabb.

Esse pensamento foi reforçado pela ligação que ele recebeu no celular no saguão de entrada do hotel. Eram quase cinco da manhã, e o saguão estava praticamente deserto. Com certeza não havia ninguém próximo dele suficiente para ouvi-lo falar.

– O plano não era matar Phillips – disse Stabb, mantendo a voz baixa. – Precisamos encontrar a amostra. Se Phillips está morto, não pode nos dizer nada. Imaginei que eu tinha deixado isso muito claro para você.

– Você nos disse onde ele estava, não que ele estava armado – protestou Ivan do outro lado da linha. – Ele foi para o apartamento de Chance, então imaginamos que ele fosse pegar a amostra.

– Vocês imaginaram! Vocês deveriam ter confirmado, ter certeza.

– Nós nos metemos em um tiroteio. Não tivemos escolha. – Houve uma pausa e então Ivan acrescentou nervoso: – Alexei está morto. E Carl também foi baleado. Não é grave, mas ele está muito fraco. Não para de sangrar. E eu não posso levá-lo a um hospital.

– Não, não pode – disse Stabb depressa. Aquilo estava se tornando um pesadelo. – Então, onde estava Phillips quando vocês o mataram? Onde ele está agora?

– No apartamento de Chance.

– Que agora provavelmente está cheio de policiais.

– Duvido. Os tiros foram abafados; é um prédio com paredes grossas. Os andares acima e abaixo de Chance estão vazios. No térreo mora uma mulher surda. Não sei bem quem mora no último andar. Acho que são estudantes. Provavelmente dormiram o tempo todo.

– Mas você não esperou para descobrir – especulou Stabb.

Ivan pareceu magoado.

– Vasculhamos o lugar de cima a baixo.

– E o que descobriram?

– Nada. Absolutamente nada. A amostra não está lá.
Stabb suspirou:
– Que complicação. Agora não temos nenhuma indicação do que fazer.
– Exceto os garotos.
– O quê? Os garotos estavam lá? Diga que os garotos não estavam lá, Ivan!
– Eles fugiram, mas...
– Mas nada. É melhor nos encontrarmos. Mas não aqui. Não quero Carl sangrando no tapete do hotel. Ao lado da entrada oeste para o estacionamento do subsolo, onde nos encontramos antes. Em dez minutos. – Ele desligou o telefone e ficou batendo o pequeno celular contra a palma da mão enquanto pensava no que fazer.

Exatamente dez minutos depois, Ivan explicava com mais detalhes o que tinha acontecido. Stabb ouvia sem comentar. Estavam no estacionamento do subsolo: uma floresta de pilares de concreto que sustentavam o edifício acima. Carl estava encostado na lateral de uma *van* de transporte de passageiros, respirando pesadamente. Havia um brilho de suor em seu rosto, e ele estava agarrando um lado do corpo. Stabb podia ver de onde o sangue saía através da roupa.

– Tudo bem – disse Stabb quando eles terminaram. – Não há mais nada que possamos fazer por enquanto. Agora está fora de nosso alcance. Mas fique pronto, Ivan; eu logo posso precisar de você outra vez.
– E o Carl? – perguntou Ivan.

– Ivan falou que você pode me tirar do país – disse Carl. Sua voz era gutural e rouca. – Me fazer desaparecer.

Stabb fez que sim com a cabeça.

– Não podemos deixar nenhuma ponta solta, disso não há dúvida – ele disse estendendo a mão enluvada na direção de Carl. – Dê-me sua arma.

Carl puxou com esforço a pistola do casaco e a entregou a Stabb.

– Sim – disse Stabb, virando a pistola e a examinando. Ele carregou uma bala. – Eu posso fazer você desaparecer. – Então apontou a pistola e atirou na testa de Carl.

– Livre-se dele – disse Stabb a Ivan, entregando-lhe a arma. – É mais fácil se livrar de um corpo do que de um homem ferido.

Ivan olhou para o cadáver encostado em uma das rodas da *van* de passageiros.

– Eu não vou me esquecer disso – ele disse.

O cibercafé só abria às nove horas e ainda nem eram seis, então Rich e Jade encontraram um lugar que estava aberto mais cedo para o café da manhã. Era enfumaçado e engordurado, e o *ketchup* nas mesas estava em garrafas de plástico vermelho, em forma de tomate, cobertas de crostas de *ketchup* escorrido.

Mas o homem que servia os primeiros clientes do dia era bastante amistoso. Por seu tamanho, Jade adivinhou que ele comia o que servia, e tudo parecia ser frito.

– Imagino que você não tenha uma opção vegetariana, tem? – ela perguntou.

O homem apenas ficou olhando para ela.
– Como suco e alguma fruta ou cereal? – tentou Jade.
O homem continuou olhando. Então, lentamente, fez que não com a cabeça.
– Tudo bem – ela disse. – Torradas. Você certamente pode fazer torradas, não é?
– Eu vou querer um sanduíche de *bacon* – disse Rich. – E café.
– Chá – pediu Jade.
– Um sanduba de *bacon*, um chá e um café – disse o homem. – E um pouco de torrada.

Eles se sentaram a uma mesa de onde tinham uma boa visão da rua. Não que Jade esperasse que os homens do apartamento os encontrassem, mas ficou observando nervosa. A rua se enchia à medida que a manhã chegava e Londres despertava. Era surpreendente ver como as pessoas acordavam cedo para trabalhar.

Eles comeram em silêncio.

Quando terminaram, Rich disse:

– Você acha que devemos voltar para o apartamento?

A voz dele era sussurrada e tensa porque ele se lembrava do que acontecera lá.

– E se aqueles homens ainda estiverem esperando por nós? Eles podem nos matar! – Jade olhou em volta, como se a qualquer momento eles pudessem entrar no café com as armas prontas para disparar. – Acho que poderíamos chamar a polícia.

– Eles não ajudaram antes – disse Rich. – E a maior parte da polícia neste país não usa arma. O que nós podemos fazer?

– Agora há um cadáver – sussurrou Jade. Ela odiava pensar naquilo, mas não havia como evitar a realidade do corpo. – Isso certamente os convenceria.

– Isso se ele ainda estiver lá.

Uma sombra caiu sobre a mesa. Jade olhou para cima, supondo que fosse o homem do balcão. Mas era uma mulher, segurando uma xícara de chá.

– Posso me sentar com vocês? – perguntou a mulher.

– Há muitas outras mesas – observou Jade. – E, além disso, estamos tendo uma conversa particular – ela logo acrescentou.

Mesmo assim a mulher sentou, apesar das palavras e do olhar nada amistoso de Jade.

– Eu sei – ela disse, a voz pronunciada com uma cadência estrangeira. – Sobre o pai de vocês, imagino. E o que aconteceu no apartamento.

Jade e Rich olharam para ela. Era uma mulher extremamente atraente, com traços finos e cabelos pretos que chegavam quase até a cintura. Seu casaco aparentava ser de uma grife muito sofisticada. Ela sorriu para eles.

– Olhe, quem é você? – exigiu Jade.

– Meu nome é Magda Kornilov. Sou colega do seu pai – disse a mulher. – Quero ajudá-lo. Ajudar vocês. Se vocês permitirem.

Jade olhou para Rich. Ele deu de ombros.

– Como você pode nos ajudar? – perguntou Jade.
– Posso contar a vocês o que ele estava fazendo e por que foi levado.
– Então você sabe... – começou Rich. Mas parou de falar, como se não tivesse certeza de quanto deveria dizer.
Magda confirmou com um aceno de cabeça.
– Eu sei tudo. Sei que o seu pai trabalhava para uma empresa de petróleo chamada KOS. Sei que ele não queria vocês dois por perto neste exato momento porque estava preocupado que vocês descobrissem o que ele realmente estava fazendo.
– E o que era?
– Ele é espião – disse Magda. Tomou um gole de chá. – Isto está muito bom.
– Espião? – perguntou Jade, incrédula.
– Um espião industrial, não como James Bond. – Magda pôs a xícara na mesa e fez com os dedos uma mímica de atirar em Jade. – Bangue-bangue. – Parou de sorrir. – Embora haja muito disso, especialmente quando há muito dinheiro envolvido.
– Conte-nos – disse Rich. – Estamos ouvindo.
– Muito bem. Nessa empresa de petróleo, a KOS, seu pai era conhecido como Lessiter, um especialista em refino de petróleo e química de polímeros. É claro que existe um Lessiter verdadeiro, e é este que eles acreditaram ter empregado.
– Aquelas cartas... aquelas que o papai jogou fora – disse Rich a Jade. – Lembra? Elas estavam endereçadas a alguém chamado Lessiter.

– O seu pai está morando no apartamento que era de Lessiter – disse Magda. – Lessiter foi embora, ou foi pago para sumir, ou está escondido, ou sendo mantido preso. – Ela deu de ombros. – Não sei qual dessas alternativas.

– Por que deveríamos acreditar em você? – perguntou Jade.

– Vocês é que sabem. Não estou pedindo nada. Estou oferecendo ajuda. Vocês podem ou não acreditar em mim, mas eu estou lhes dizendo que o seu pai não estava no apartamento dele, não recebia sua própria correspondência, não queria vocês por perto, criptografava suas conversas telefônicas. E foi sequestrado.

– Porque é um espião industrial – disse Rich.

Magda confirmou com a cabeça.

– A KOS desenvolveu uma nova fórmula: quando é adicionada ao petróleo e a outros óleos combustíveis, ela os torna muito mais eficientes. Pode-se rodar em um carro por uma distância muito maior com um litro de petróleo tratado. Os aviões podem viajar mais tempo sem ter de ser reabastecidos. Vocês podem imaginar como uma fórmula assim seria valiosa. O seu pai a roubou.

– Nunca! – exclamou Jade. O ruído de fundo cessou quando as pessoas no café se viraram para olhar. – Eu não acredito em você – disse Jade, falando mais baixo. Rich mudou de posição, constrangido.

Magda sorriu e tomou mais chá.

– Isso explica muitas coisas que têm preocupado vocês. Por que vocês não acreditam?

– Você está dizendo que essas pessoas da KOS, da empresa de petróleo, que elas descobriram? Descobriram e o levaram? Por que elas fariam isso?

– Elas não fariam – disse Magda. – Eu trabalho para a KOS. Eu sei. Não foram eles, embora seu pai tenha roubado uma amostra de combustível tratado que queremos muito receber de volta.

– Então quem o pegou? – Jade disse. Estava inclinada para trás de braços cruzados.

– A KOS presta muitos serviços para o Ministério da Defesa. Trabalho confidencial. Qualquer pessoa que espione a KOS pode ter acesso a material confidencial que poderia prejudicar a defesa inglesa. Há questões de segurança envolvidas – Magda se inclinou sobre a mesa na direção deles. – Vocês sabem por que a polícia estava tão indisposta a ajudar? E vocês sabem por que eles não fizeram nada mesmo depois de haver um tiroteio em pleno centro de Londres?

Rich e Jade olharam um para o outro.

– Continue – disse Rich.

– Porque o seu pai não foi sequestrado. Ele foi preso, embora nunca vá ser julgado em um tribunal. Imagino que, oficialmente, ele deixou de existir.

Jade sentiu um calafrio ao se lembrar da visita à delegacia de polícia, do fato de aparentemente não haver nenhum registro do pai deles.

– Mas quem o levou?

– Os Serviços de Segurança. MI5 ou MI6, não importa.

Rich franziu a testa.

– Por que você está nos contando tudo isso?

– Eu trabalhei com seu pai na KOS. Tudo bem, ele era espião, mas eu gostava dele. Acho que os Serviços de Segurança exageraram. – Ela baixou a voz. – Eles mataram Phillips – disse. – Ele era o contato de seu pai. Outro espião. E eles o mataram a tiros.

– Ele tinha uma arma – observou Rich.

Jade fez uma careta para ele.

– Eles estavam atirando nele – continuou Rich. – Ele estava ferido, lembre-se. Eles atiraram em nós, Jade. – Então se virou para Magda. – Obrigado por nos contar isso.

– Que interesse você tem nisso? – perguntou Jade.

– Eu só quero ajudar. É um assunto difícil, e crianças não deveriam estar envolvidas nisso.

– E é só isso? – perguntou Jade.

– É isso. Se bem que, se eu conseguisse encontrar a amostra de combustível que seu pai pegou, isso seria imensamente útil. A devolução da amostra nos daria alguma coisa para negociar. Algo que eu poderia levar para a KOS e lhes dizer que pedissem ao MI5 para libertar o seu pai. – Ela tomou outro gole de chá. – Vocês sabem onde ele a escondeu?

– Você só quer essa amostra de combustível? – disse Jade.

Magda fez que sim com a cabeça:

– E, se conseguirmos devolver o que foi roubado, tudo vai dar certo.

– Vai? – perguntou Jade.

– Não pode fazer mal – disse Rich. – Só que nós não temos nenhuma ideia de onde ela está.

A expressão de Magda não mudou:

— Ele nunca falou nela? Vocês não o viram esconder alguma coisa?

Os dois negaram com um movimento de cabeça.

— Quem sabe ele deu a vocês alguma coisa para tomarem conta por ele? — sugeriu Magda. — Disse a vocês que era importante e pediu para não contarem a ninguém sobre ela.

— Nada desse tipo — disse Rich. — Nós só o conhecemos há poucos dias.

— Ah, sim — disse Magda. — A morte de sua mãe. Sinto muito.

Jade virou o rosto. Rich pegou a mão dela, segurando-a abaixo do nível da mesa, para que a mulher não visse. Jade respirou fundo e encarou Magda de novo.

— Eu acho que agora você deve ir embora — disse ela à mulher.

— Sinto muito — repetiu Magda. — Mas se vocês se lembrarem de alguma coisa, qualquer coisa que seja, liguem para mim. — Ela entregou a Rich uma tira de papel com um número de telefone anotado. — Este é o número do meu celular. Quero ajudá-los, mas... — ela deu de ombros — ... sem pressão, certo?

Jade assentiu com a cabeça:

— Certo.

Rich se virou para Magda:

— Obrigado — disse.

Magda olhou nos olhos dele:

– Eu também perdi minha mãe quando era jovem. Talvez da idade de vocês. Sei como é, como vocês devem estar se sentindo. Realmente sinto muito. E realmente quero ajudar.

Jade não disse nada, mas as lágrimas se juntavam em seus olhos.

Magda acenou com a cabeça, sorriu e saiu do café. Não olhou para trás.

– Você acredita nela? – perguntou Jade assim que a mulher foi embora. Enxugou os olhos na manga.

– Acho que sim – disse Rich. – Por que ela mentiria?

– Você está brincando? Ela quer esse negócio, essa amostra de combustível.

– Pelo menos ela não está atirando em nós. Como ela disse: "sem pressão".

– Imagino que sim – concedeu Jade.

– E se nós a encontrarmos, ou descobrirmos onde ela está, essa amostra, ela poderia trazer o papai de volta.

– *Se* quisermos que ele volte – disse Jade em voz baixa. – Um espião industrial. Que tipo de pai é esse?

– Não vamos saber se não o encontrarmos – observou Rich. – Guarde o número do celular dela, só por precaução.

Jade franziu a testa, como se lhe ocorresse um pensamento:

– Espere...

– O que foi?

– O celular do papai.

– Você acha que nós podemos ligar para ele e perguntar onde ele está?

– Não seja tonto. O celular não está com ele. Eu o escondi. Com os cigarros dele, lembra?
– Ah, é. E daí?
– Daí que ele deve ter armazenado números de contato. Pessoas com quem podemos falar, que podem nos ajudar.
– Talvez – disse Rich. – Vamos olhar.
Jade suspirou:
– Eu não estou com o celular.
– No apartamento? – suspirou Rich. – Maravilha. Esse é o único lugar para onde não queremos voltar agora.
Jade balançou a cabeça, concordando.
– Mas é o último lugar onde vão achar que estamos. Se aqueles homens tiverem ido embora...
– Poderíamos verificar, eu acho – disse Rich cauteloso.
– Só dar uma olhada. E depois, se a área estiver livre, há outra coisa que talvez também precisemos fazer.
– Você está falando de uma muda de roupa.
– Estou falando de dinheiro. E os passaportes. – Ele balançou lentamente a cabeça enquanto pensava no assunto.
– Talvez valha a pena correr o risco. Talvez.
– Há um cara morto no chão – disse Jade em voz baixa.
– Eu sei. – Rich olhou nos olhos dela. – Você está bem?
Jade deu de ombros:
– Acho que vamos ter de descobrir.

12

A fechadura da porta da frente do prédio estava quebrada. Na pressa de sair, Rich não percebera isso. Mas o lugar parecia tranquilo, então talvez nenhuma outra pessoa tivesse percebido. Rich não conseguia se lembrar de ter visto ninguém mais no prédio. O único apartamento ocupado era o do pai deles.

Os buracos de bala espalhados pela parede perto do alto da escada deram-lhes uma pausa para pensar.

– Você tem certeza de que quer fazer isso? – perguntou Rich, apreensivo.

– Não – disse Jade. – Mas o que mais podemos fazer?

– Ir à polícia. Eles não podem negar que os buracos de bala existem.

– E se Magda estiver certa e eles fizerem parte dessa história? Talvez nós também acabemos desaparecendo.

Rich não conseguiu pensar em nenhuma resposta para isso. Então seguiu Jade quando ela andava na ponta dos pés em direção aos destroços da porta do apartamento e esperou. Juntos, procuraram ouvir o menor som, mas não havia nada. Só o ruído dos carros na rua. Em algum lugar um cachorro latiu.

– Então vamos – disse Rich. Ele só queria acabar logo com aquilo. Achava que era pior ficar perambulando sem saber o que estava acontecendo.

Dentro do apartamento, o quadro do trem estava no chão, com o vidro quebrado e a ilustração rasgada. O estofado do sofá tinha sido arrancado. As cortinas tinham sido puxadas de cima da janela despedaçada... vidro e madeira espalhados pelo chão, junto com livros, papéis e revistas. A tevê estava destruída. E no meio da sala havia um cadáver deitado de cara para o chão.

Jade prendeu a respiração quando o viu. Manteve-se perto das paredes, o mais distante possível do corpo, fazendo questão de não olhar para ele enquanto atravessava a sala até a porta do outro lado.

Rich também tentou não olhar para o corpo de Phillips quando seguiu Jade depressa até o quarto. Deu uma olhada na cozinha e viu que ela também estava totalmente bagunçada, com tudo espalhado pelo chão e sobre as bancadas.

A porta do escritório estava aberta e Rich viu que ele estava em uma condição ainda pior que a dos outros cômodos. Só o quarto deles não parecia tão ruim, mas até os travesseiros e colchões tinham sido cortados e o estofamento, puxado para fora.

– Serviço completíssimo – disse Rich.

– É... horrível – disse Jade, olhando em volta.

– Você acha que eles encontraram o celular do papai?
– perguntou Rich.

Jade foi até seu criado-mudo. As gavetas estavam semiabertas e as coisas tinham sido puxadas para fora. Ela abriu completamente a gaveta de cima.

– Eu o escondi aqui – disse.

Rich achou engraçado, e parecia que era a primeira vez em séculos que se sentia assim.

– Na sua gaveta de calcinhas.

– Não achei que ele olharia aqui. Aqueles homens também não olharam; não direito. – Ela retirou da gaveta o telefone e o maço de cigarros.

– Traga eles também – disse Rich.

– Por quê?

– Porque ele vai querer um cigarro quando o encontrarmos.

Jade olhou zangada para ele, mas não disse nada. Pegou uma mochilinha da bagunça no chão e a sacudiu de cabeça para baixo. Caíram um livro e alguns artigos de maquiagem. Ela pôs o celular e os cigarros na mochila.

– Sobraram só alguns cigarros – disse –, mas o isqueiro está dentro do maço; talvez ele o queira de volta. – Ela socou umas roupas na mochila.

Rich encontrou seu passaporte e o jogou para ela.

– Guarde isso também. Vou ver se consigo achar algum dinheiro. Talvez um cartão de crédito. Nunca se sabe.

– Você não pode usar o cartão de crédito do papai!

– Ele não vai se importar. Estamos tendo despesas. Em nome de quem estará o cartão: no dele ou no de Lessiter?
– Seu sorriso congelou quando ouviu um som.
Jade também ouviu. Algo se movendo. Pisadas no outro cômodo. Rich pôs o dedo sobre os lábios e caminhou lentamente e em silêncio até a porta.
Havia alguém na sala. Uma figura escura ajoelhada ao lado do corpo no chão. Rich rastejou o mais silenciosamente que pôde até a porta, esperando dar uma boa olhada no homem e depois se esconder sem ser visto.
O homem olhou para cima... bem na direção de Rich.
– Olá, meu jovem – disse.
– Eu sugeriria uma xícara de café, mas acho que a cozinha está um pouco bagunçada. – E tirou do bolso um lenço amarfanhado.
Jade se juntou a Rich no vão da porta, com a mochila pendurada no ombro. O homem se levantou e olhou para eles com interesse. Era alto e magro, com cabelo preto que começava a rarear, e usava um terno azul-escuro. Sua mão estava manchada de sangue onde ele tocara o corpo de Phillips, e enquanto falava ele a limpou cuidadosamente no lenço.
– Isso provavelmente vai parecer um pouco fora de propósito – disse o homem –, mas peço desculpa pelo inconveniente.
– Inconveniente? – disse Jade. – Ele está morto!
O homem assentiu com a cabeça.
– Na verdade não é para ele que eu peço desculpa. – Ele sorriu, mas não havia nenhuma graça naquilo. – É um pouco tarde para pedir desculpa ao pobre Phillips.

– Você o conhecia? – perguntou Rich. – Então você trabalha para a empresa de petróleo?
– Empresa de petróleo? Deus me livre! Não. – Ele pareceu achar a hipótese engraçada. – Você acha que Phillips estava no ramo de petróleo, por assim dizer?
– E não estava? – disse Rich.
– Ele trabalhava com nosso pai – contou Jade ao homem.
O homem balançou a cabeça.
– Isso é verdade, com certeza.
– Então você sabe quem somos? – perguntou Rich.
– É claro. E tenho muito prazer em conhecer vocês dois. Eu já disse isso? Sinto muito se não disse. Aliás, sinto muito pela sua mãe também. Ah, e pelo seu pai, claro.
– Sentir muito não significa ajudar – disse Jade.
– Não – concordou o homem. – Sinto muito.

Se o homem queria fazer piada, não deu nenhum sinal disso. Olhou em direção à cozinha.

– Será que ainda dá para usar a chaleira? Eu realmente poderia fazer uma xícara de café. Foi uma noite longa, aliás, nada produtiva.
– Quem é você? – disse Rich, tentando parecer calmo e controlado.
– Ah, peço mil desculpas. – O homem estendeu a mão e se aproximou deles. Então se deu conta de que ainda segurava o lenço ensanguentado, parou e baixou a mão. – Meu nome é Ardman. Meus amigos me chamam... – Ele fez uma careta. – Na verdade, eles também me chamam de Ardman, embora, ao que parece, eu não tenha muitos amigos atualmente.

– Todos foram mortos, é isso? – disse Jade com sarcasmo.

Ardman se virou, olhando para o corpo no chão:

– Sim, de fato. Alguns deles, de alguma forma. – Quando olhou de novo para eles, estava sorrindo. – Aqueles homens não vão voltar – ele os tranquilizou. – Já não têm nada o que fazer aqui. Agora, por que você não faz um pouco de chá para nós? – disse a Jade.

– Porque eu não quero chá nenhum – respondeu Jade.

– Ah, é uma pena.

– E o que você quer – exigiu Rich –, além de chá? Não seria uma amostra de óleo combustível, seria?

Os olhos de Ardman se estreitaram.

– Bem, já que você falou nisso... Eu pensei que Phillips poderia estar com ela, na ausência de seu pai, mas lamentavelmente não estava.

– Olhe – disse Rich –, nós não queremos ser indelicados, mas quem é você? O que está fazendo aqui?

– Como disse, meu nome é Ardman. – Ele esfregou de novo a mão com o lenço. – Eu trabalho para o que se pode chamar de Serviços de Segurança.

– MI5? – disse Rich olhando para Jade. Ele se lembrou de novo das palavras de advertência de Magda.

– Esse tipo de coisa. Mas não exatamente. Na verdade, dirijo um departamento muito pequeno e muito secreto chamado COBRA. Talvez você tenha ouvido falar dele.

– Não – disse Rich.

– Não importa, não importa. É um comitê chefiado pelo primeiro-ministro, ou alguém apontado e ungido por ele.

O nome parece muito excitante, mas na verdade foi dado por causa do lugar onde o comitê se reúne: Cabinet Office Briefing Rooms Annex.

– Um comitê? – disse Rich surpreso.

– ... que se reúne em um anexo? – perguntou Jade.

– Bem, é um pouco mais importante do que isso – disse Ardman fungando. – E o COBRA só se reúne em situações de emergência. Qualquer coisa, de sequestros a atentados a bomba, a falta de água no Sudeste. Meu grupo especificamente não costuma ser acionado para casos de falta de água.

– E vocês levaram o papai – disse Jade.

– Por Deus, não! Mas por falar em água, acho que vou pôr isso debaixo da torneira, se vocês não se importam. – Ele ergueu o lenço. – Não quero manchar minhas roupas.

– Não quer o sangue dele em suas mãos – retrucou Jade.

Ardman já estava a caminho da cozinha:

– Infelizmente, acho que é tarde demais para isso – disse com tristeza.

Rich agarrou o braço de Jade e a levou depressa para o *hall*. Tentou se deslocar em silêncio, mas os pés deles esmagaram o vidro quebrado da janela.

Ardman se virou e chamou por eles da porta da cozinha.

– Eu gostaria de falar com vocês, se me permitem.

– Não permitimos – disse Jade. – Vocês levaram o papai, mas não vão nos pegar.

– Nós não levamos seu pai – disse Ardman, de repente com a voz muito firme. O tom de troça amigável desaparecera e ele olhava atentamente para eles. – Por que faríamos isso? Pensem nisso.

– Nós já pensamos – disse Rich. Ele já ouvira suficiente. Nada do que Ardman dissera levava Rich a acreditar nele, supondo que esse fosse realmente o seu nome.

– Não vamos ficar aqui para ouvir suas mentiras – acrescentou Jade. – Vamos.

– Vocês correm perigo – disse Ardman atrás deles. – Vocês realmente devem ouvir o que eu tenho a dizer.

– Nós temos mesmo de ir – sussurrou Jade quando Rich hesitou no *hall*.

Ardman estava parado na porta da sala, mas não fez nenhum esforço para segui-los além dali.

– Nós sabemos nos cuidar! – gritou Rich para ele.

– Talvez saibam – concordou Ardman. – Mas seja lá o que forem fazer – ele gritou quando os irmãos saíam –, nem pensem em ir atrás de Viktor Vishinsky sozinhos. Isso seria realmente perigoso.

13

O cibercafé na rua agora estava aberto. Jade e Rich encontraram uma mesa no fundo, onde podiam falar sem ser ouvidos pelos outros clientes do começo da manhã. Eles também mantinham uma vigilância nervosa sobre a rua lá fora. Ardman os estava seguindo, ou tinha enviado um grupo de busca? Eles estavam a salvo ali, ou em qualquer outro lugar?

– Qual era mesmo o nome? – perguntou Jade ainda olhando em volta ansiosa.

– Viktor Vishinsky – disse Rich. Ele tinha uma memória boa para fatos e detalhes. Algo que talvez tivesse herdado do pai, ele se deu conta, lembrando-se de como Chance tinha memorizado imediatamente o número dos celulares deles.

Jade digitou no *site* de busca do computador: "victor vishinsky". Alguns instantes depois surgiu uma lista de páginas da internet. A maioria delas era sobre alguém chamado Victor, mas com um sobrenome diferente. Uma era de um humorista chamado The Victor*. Algumas eram sobre vencedores de eventos esportivos. Nada promissor.

Mas no alto da página havia uma linha de texto: "Você quis dizer *Viktor Vishinsky*?"

– Talvez sim – disse Rich. – Vamos tentar.

Os resultados dessa vez foram muito diferentes. Havia muita informação sobre Viktor Vishinsky.

– Olhe – disse Rich apontando para um dos primeiros itens da lista. – É o *site* da KOS. A KOS foi a empresa de petróleo que Magda mencionou. – Ele clicou e eles esperaram a página ser carregada.

– Talvez devêssemos ter ficado e conversado – disse Rich. – Com Ardman, quero dizer.

– Ele estava mentindo – disse Jade. – Todos eles estão mentindo. A não ser, talvez, Magda. Ninguém mais falou a verdade desde que a mamãe morreu. Nem mesmo nosso próprio pai.

Eles examinaram a página. Era o perfil de uma empresa. KOS, ao que parecia, era a sigla de Krejikistan Oil Subsidiaries, e Viktor Vishinsky era o proprietário e o presidente da empresa. Havia uma fotografia dele: um homem de aspecto confiante com o cabelo quase branco. Ele podia ter uns 60 anos ou pouco menos de 50, era difícil dizer.

– Então, o que ele tem a ver com tudo isso? – Jade se perguntou.

....
* *Victor* é uma palavra de origem latina que, em inglês, significa "vencedor". (N. do T.)

— Se Magda estiver falando a verdade, ele é o cara que o papai estava espionando – disse Rich. – Aqui, olhe isso...
— Ele tinha rolado a tela para baixo e estava lendo mais sobre a empresa e o país onde ela estava sediada.

— O quê?

— Interessante! Só isso! Eu nunca tinha ouvido falar de Krejiquistão, mas parece que fazia parte da União Soviética antes de tudo ser dividido por lá. Agora o país é independente, tem seu próprio governo, mas toda a economia do país é controlada por uma única empresa: a KOS.

— Será que eles têm muito petróleo lá? – Jade imaginou.

— Absolutamente nenhum, pelo jeito – disse Rich, rolando a tela para baixo até um mapa do país. O mapa mostrava um país estreito e comprido que chegava até o lado ocidental da Rússia. – Parece que a localização é que é importante, e não o que eles realmente têm lá. – Ele leu rapidamente o texto. – Sim, olhe para isso. A KOS ganha quase todo o seu dinheiro arrendando oleodutos para que o petróleo possa passar pelo país.

— Então tudo tem de passar pelo Krejiquistão.

Rich tinha acabado de olhar o texto.

— É – ele disse. – Se a Ucrânia quiser petróleo ou gás da Rússia, tem de pagar para usar o oleoduto por onde ele passar. O mesmo acontece para qualquer cliente da Rússia, basicamente, toda a Europa Oriental. Eles pagam por barril. Deve custar uma fortuna.

— Mas eles não gostam disso – disse Jade.

— Aposto que não. Mas o Krejiquistão, ou melhor, a KOS, tem controle absoluto sobre tudo. Ou eles pagam o preço exorbitante que a KOS cobra ou têm de mandar tudo de navio, fazendo um desvio de quilômetros e quilômetros.

– Certo – concordou Jade. – Mas isso não nos ajuda a encontrar o papai nem a entender por que esse tal de Ardman nos avisou para não mexermos com Vishinsky.

– Vou lhe dizer outra coisa que eu não entendo – disse o garoto.

– O quê?

– Por que o Ministério da Defesa estaria fazendo negócios com uma empresa sediada na ex-União Soviética e de propriedade de alguém de lá? E, de qualquer jeito, o que essa empresa tem que eles queiram? Tudo bem, olhe – ele apontou para uma lista de *sites* da KOS pelo mundo. – Eles têm algum tipo de centro de pesquisa e armazenamento bem pertinho de Londres. Mas mesmo assim...

Jade olhou para onde Rich estava apontando.

– Esse não é aquele lugar onde houve um grande incêndio ou algo do tipo na semana passada? Eu vi uma manchete, tenho certeza. – Ela se recostou na cadeira do cibercafé. – E agora? Vamos ligar para algum amigo dele? – Jade tirou o celular do pai da mochila.

Eles se inclinaram juntos para olhar o telefone. Estava ligado, mas travado. Rich descobriu como destravá-lo, e eles verificaram a agenda. Não havia nenhum número gravado.

– Grande ajuda – disse Jade.

Rich suspirou.

– Ele realmente é um cara sem amigos. Espere! Em algum lugar deve haver uma lista de chamadas feitas e recebidas. – Ele fuçou no telefone até que encontrou um registro de chamadas. – Aqui está. Olhe. Ele fez um bocado de chamadas. E também recebeu muitas, mas todas de "Número Não Identificado". Outra grande ajuda.

O telefone vibrou na mão de Rich.

– Para que você fez isso? – perguntou Jade.

– Eu não fiz.

– Tem alguém ligando?

O telefone tinha parado de vibrar. Rich mostrou a Jade a tela. "Uma Mensagem de Texto Recebida."

– Então vamos dar uma olhada – ela disse.

A mensagem dizia: "A amostra está segura? Vocês estão com ela? Onde? Respondam com urgência. Papai."

– Graças a Deus ele está a salvo! – disse Jade.

– É ele? – Rich se perguntou.

– O que você quer dizer? Ele nos enviou um texto.

Rich pegou o telefone de Jade e leu de novo a mensagem de texto.

– Mas nós estamos com o telefone dele. E por que ele mandaria uma mensagem para si mesmo? – Rich tirou seu próprio celular do bolso. – Você também recebeu a mensagem? Eu não. É muito fácil mandar o mesmo texto para todos os telefones.

– Você está dizendo que ela não veio do papai? – perguntou Jade. – Então quem a mandou?

– Alguém que quer essa amostra que todos estão procurando. Seja lá o que ela for. Mas quem? – Rich estava mexendo nas teclas. – Provavelmente outro número não identificado – ele murmurou. – Uau! Já sei. Eles têm de nos dar o número para que possamos responder. – O número que apareceu nos detalhes da mensagem de texto era tão comprido que ocupava duas linhas da tela. – Isso é um número de celular? – ele se perguntou em voz alta.

– Você vai ligar de volta? – especulou Jade.

– Não até saber mais sobre ele. E não deste telefone. – Ele voltou ao teclado do computador e teclou os primeiros dígitos do número na página de busca da internet.

– Aqui está, olhe. É um código de discagem internacional.

– Grande surpresa – disse Jade enquanto Rich rolava a tela até o código.

– Krejiquistão – disseram os dois em uníssono.

– Certo. Mas isso não significa que o telefone esteja lá – disse Rich. – Mas é onde eles conseguiram o telefone e onde pagam as contas.

– Você vai ligar para o número? Não há nenhum risco em ligar, não é?

– Exceto que eles vão saber que nós temos o telefone e pegamos a mensagem. Eu não sei de você, Jade, mas eu acho que, quanto mais evitarmos falar com outras pessoas, melhor. Quer dizer, nós não vamos para o Krejiquistão, vamos?

Um grupo de soldados com armas apontadas para John Chance, com as mãos ainda amarradas, o tirou do avião. Havia um carro à espera: uma grande limusine preta com vidros escurecidos. Mas eles puseram Chance em um jipe dirigido por um soldado. Mais dois soldados entraram na parte de trás do jipe. Apontando o rifle para Chance, um deles riu. Faltava-lhe um dos dentes, e os que restavam estavam acinzentados.

– É incrível o que o dinheiro pode comprar – disse Chance alegre. – Limusines, jatos particulares, os serviços das forças armadas de seu país, boa assistência odontológica.

O soldado golpeou Chance com o rifle e gritou para ele em russo que calasse a boca.

Chance fingiu não entender e o soldado gritou de novo, até que o motorista disse:

– Não falar.

– Por que você não disse logo? – falou Chance se recostando para uma longa viagem.

Parecia um aeroporto militar, com uma cerca alta e patrulhamento de soldados. A barreira no portão principal foi aberta para a limusine à frente deles, que nem sequer reduziu a velocidade. Mas o jipe teve de parar para que o motorista gritasse para os guardas do portão.

– Então, aonde estamos indo? – perguntou Chance quando eles viraram em uma estrada estreita e se afastaram da base aérea.

– Não falar – disse de novo o motorista.

– Isso é longe?

O motorista o encarou irritado. Chance sorriu para ele. Continuaram em silêncio. Quando chegaram às estradas principais, havia placas. Eram em russo, mas Chance conseguiu lê-las bem e teve uma boa ideia de para onde eles seguiam. De fato, depois de uma hora eles saíram da rodovia principal e pegaram uma via secundária que levava a um enorme complexo industrial visível no horizonte.

– Krejikistan Oil Subsidiaries – disse Chance em voz alta. – Eles hasteiam uma bandeira quando Vishinsky está em casa ou ele mora em outro lugar?

– Não falar! – gritou o motorista por cima do som do motor. Ele apontou através do para-brisa para o complexo à frente, como se pudesse haver alguma dúvida sobre para onde eles estavam indo.

Quando atravessasse os portões e entrasse no complexo de Vishinsky, pensou Chance, ele teria muito pouca oportunidade de sair de lá. Não vivo, pelo menos. Então ele sorriu para o motorista e balançou a cabeça para mostrar que tinha entendido. Depois se lançou para o lado.

O ombro de Chance atingiu o motorista, jogando-o contra a lateral do jipe. As mãos do homem soltaram o volante e o jipe saiu da faixa estreita de estrada para o barro seco da margem. O jipe bateu e sacolejou, e os dois soldados no banco de trás pelejaram para fazer uso dos rifles.

Mas Chance já esperava por isso. Ele se agarrou ao volante de forma que o motorista não pudesse retomar o controle. Suas mãos estavam amarradas juntas nos punhos, então ele enlaçou os dedos e, usando as duas mãos como um único punho, bateu forte no rosto do motorista. A porta do jipe se abriu com violência e o motorista rolou para fora.

Um dos soldados atrás de Chance tinha se recuperado suficiente para empunhar o rifle. Chance se lançou para cima, empurrando com força os pés contra o piso do jipe. Ele se torceu e jogou o ombro contra o rifle no momento em que este disparou. Depois deu uma cabeçada no soldado, que desabou no banco traseiro. O jipe deu uma guinada quando a bala rasgou o motor. Houve um rangido de metal retorcido e o veículo começou a desacelerar enquanto percorria o solo irregular, até que parou.

O segundo soldado era jovem, provavelmente ainda nem tinha 20 anos. Estava sentado congelado quando Chance se virou para ele. O rifle pendia de suas mãos trêmulas. Chance estendeu os punhos em direção ao garoto.

– Desamarre-me! – disse ele em russo.

Suas palavras pareceram trazer o soldado de volta à realidade, então ele saltou do jipe e saiu correndo. Seu rifle ficou esquecido no chão.

Chance observou a figura recuando na distância, ultrapassando o motorista deitado imóvel na beira da estrada. Chance sabia que não tinha muito tempo antes que o rapaz desse o alarme. E estava preso no meio do nada com as mãos amarradas e um jipe imprestável.

O soldado no banco traseiro, aquele em quem Chance dera uma cabeçada, grunhiu e murmurou algo. Chance juntou de novo os punhos e girou os braços com força. O soldado desabou outra vez, inconsciente.

– Não falar – disse Chance.

14

No meio da manhã o cibercafé ficou mais movimentado. Rich e Jade falavam baixo para não serem ouvidos pelas pessoas nas mesas vizinhas. Tinham decidido não ligar para o número do Krejikistão, mas agora não sabiam ao certo o que podiam fazer.

– Talvez devêssemos tentar o número para o qual ele ligou várias vezes – disse Rich.

– Ele não ligou várias vezes – disse Jade.

– Ligou mais do que para qualquer outro – observou Rich. – Na verdade, ele não ligou para mais ninguém. Nunca. Não deste telefone. – Ele suspirou. – Você tem alguma ideia melhor?

Jade teve de admitir que não.

– Vamos ver quem atende. Se é que alguém vai atender. Provavelmente vai ser outro correio de voz.

Rich segurou o telefone de forma que os dois pudessem ouvir. Os números biparam enquanto a ligação era feita. Então eles ouviram o toque do outro lado. Pareceu chamar por séculos, e Rich estava quase desistindo quando a ligação finalmente foi atendida.

– Alô? – disse uma voz um pouco hesitante, como se estivesse surpreso de receber a ligação. – Este é o telefone de Andrew Phillips.

Os rostos deles estavam bem próximos, e Rich viu os olhos de Jade se arregalarem. Então desligou, quase deixando o telefone cair, como se ele estivesse quente.

– Phillips – ele disse. – O homem que... – ele engoliu em seco.

– O homem que levou um tiro – Jade completou por ele, sussurrando, olhando em volta para ter certeza de que ninguém estava ouvindo. Mas as pessoas não pareciam nem um pouco interessadas nos dois adolescentes sentados no fundo do cibercafé, perto dos banheiros.

– Então, quem está atendendo ao telefone dele? – perguntou Rich.

– Amigo, colega, sei lá. A questão é: devemos confiar neles?

Rich pensou nisso.

– Não faz mal conversar com eles. Phillips levou um tiro; tentou nos proteger. E era amigo do papai. Provavelmente.

– Provavelmente – concordou Jade. – Faça uma tentativa.

Mas antes que Rich tivesse chance o telefone tocou, vibrando sobre a mesa entre eles.

– Celulares podem ser rastreados? – sussurrou Jade, como se o telefone pudesse ouvi-los.

– Duvido – disse Rich. – Não existe linha, existe? É preciso, tipo, um satélite ou coisa parecida. Eles apenas identificaram nosso número e ligaram de volta. – Ele respirou fundo e atendeu ao telefone.

Dessa vez a voz era outra. Uma voz conhecida.

– Eu estou imaginando se é Jade ou Rich – disse a voz.

– Vocês se lembram de termos nos encontrado hoje cedo?

– Somos nós dois – disse Rich.

– Por favor, não desliguem. Acho que precisamos conversar, embora eu imagine que vocês estejam se sentindo um pouco vulneráveis neste momento.

– Vulneráveis? – Jade fazia esforço para manter a voz baixa. – Homens sendo mortos a tiros. O papai sequestrado. Assassinos atrás de nós. Sim, eu diria que um pouquinho.

– É compreensível – concordou a voz. – E realmente quero ajudá-los. De fato, talvez eu seja a única pessoa que possa fazer isso.

– Nós já ouvimos isso – disse Rich. – Mas como saber se você está falando a verdade? Como saber se podemos confiar em você?

– Vocês podem confiar em mim – disse Ardman. – De verdade. Sua voz era controlada, tranquilizadora, confiante. Jade e Rich se olharam enquanto tentavam concluir se ele falava a verdade.

Enquanto falava ao telefone, Ardman estava sentado na mesa vazia de Phillips. Do outro lado da sala, um homem gesticulava para ele não parar de falar. Rich e Jade podiam ser ouvidos através de alto-falantes ligados ao telefone.

Mas não era só isso que estava ligado ao telefone. Havia um fio que levava a um computador potente, onde um terceiro homem, um técnico, trabalhava apressado.

– Com certeza é realmente o celular de Chance – ele disse, elevando a voz suficiente apenas para que Ardman ouvisse. – Grampeado por nós, então agora estou ativando o rastreador de posicionamento global. Ele vai ficar *on-line* enquanto eles mantiverem a conexão aberta. Se eles desligarem, nós os perderemos.

– Temos um satélite posicionado? – perguntou o homem que gesticulara para Ardman, também em voz baixa.

– Estou me conectando a um satélite do Departamento de Defesa americano – disse o técnico. – Eles vão levar horas para perceber que perderam o controle. Então vão culpar os técnicos. Ou o *hardware*.

– Quanto tempo? – Ardman sussurrou para o homem. Ao telefone ele disse: – Apenas ouçam o que eu tenho a dizer, é só o que peço. Que mal pode haver nisso, hum?

– Quase pronto – disse o técnico. – Acessando agora. Devo ter uma posição para você em cerca de um minuto. Ele virou a tela para que Ardman pudesse ver a imagem.

Era um mapa da Inglaterra. Acima da metade inferior aparecia um retângulo, e a imagem mudou para mostrar só a área no retângulo. Depois outra, quando houve outro *zoom* na imagem: Londres. A cada segundo o satélite mostrava imagens cada vez mais próximas de onde estava o celular de Chance...

– Consegui a localização geral – disse o técnico. – Vou já mandar uma equipe para a área. Acho que é Goddard quem está de plantão hoje. Assim que tivermos um endereço, bingo! – Ele sorriu. – Agora não vai demorar.

No Krejikistão, o comandante estava sentado no banco do passageiro de um caminhão pesado que saía por uma trilha estreita da principal instalação da KOS. Tinha esperado pelo jipe talvez mais tempo do que deveria, e não era só por causa dos solavancos do veículo que ele estava se sentindo mal. Ele sabia o que aconteceria se perdesse o "hóspede" de Vishinsky.

A visão de um soldado cambaleando pela estreita via secundária em direção a eles, agitando os braços para pararem, não contribuiu em nada para aliviar os temores do comandante.

– Soldado Levin, senhor. Eu estava escoltando o prisioneiro inglês – explicou o soldado assim que o caminhão parou.

O comandante ouviu o relato de Levin com apreensão crescente. Assim que entendeu o principal da história, ordenou que o soldado se apertasse na frente do caminhão com ele e o motorista. Então o pesado caminhão militar continuou lentamente pela estrada de acesso até chegar ao ponto onde o jipe tinha se desviado sem controle pelo mato.

Os rastros dos pneus ficaram visíveis no barro mesmo antes dos gritos entusiasmados de Levin:

– Aqui... este é o lugar, senhor. Agora nós vamos encontrá-lo.

– Eu não estou gostando nada da aparência desse lamaçal – disse o motorista ao parar o caminhão. – Podemos atolar aqui. Uma coisa é um jipe, mas neste... – Ele deu de ombros e esperou que o comandante tomasse a decisão.

O comandante empurrou Levin para fora do caminhão e ordenou aos soldados que estavam na parte de trás que saíssem e seguissem os rastros de pneu. O soldado Levin ainda insistia que o prisioneiro não poderia ter ido longe e que logo o encontrariam; até que eles encontraram outro soldado, inconsciente.

– Eu quero que vocês encontrem esse jipe – ordenou o comandante depois que o soldado inconsciente foi carregado para a traseira do caminhão. – O soldado Levin diz que o jipe estava quebrado, parado. Então ele deve estar em algum lugar perto daqui.

Não demorou muito para o encontrarem, com outro soldado inconsciente no banco de trás. Não havia nenhum sinal do prisioneiro, exceto as cordas em que as mãos dele estavam amarradas: cortadas no metal rasgado do capô do jipe e caídas perto dele.

O soldado no jipe estava recobrando a consciência. Parecia atordoado. Insistiu que estava em condições de ajudar na busca, mas o comandante ordenou-lhe que fosse para o caminhão.

– Levem estes dois para a instalação da KOS – instruiu. – Mandem os médicos os examinarem.

Um dos soldados ajudou o homem atordoado a sair do jipe e ir até o caminhão. Ele ainda parecia estar passando mal, de cabeça abaixada e com o rosto na sombra.

O comandante voltou até onde estava Levin, olhando para o descampado vazio.

– Você vai ficar e nos ajudar a encontrar o prisioneiro que perderam – disse o comandante. – Ele não pode ter ido longe. Grupos de busca de dois ou três homens – ele ordenou. – Dispersem-se a partir deste ponto, depressa. O que vocês estão esperando?

Em poucos minutos, ouviu-se um grito de um dos grupos de busca. Tinham encontrado o homem vestido com roupas civis caído em uma vala.

– Parece que ele caiu e morreu com a batida – disse um dos soldados que o encontraram. Passaram-se vários minutos antes que o comandante pensasse em trazer Levin para olhar o homem inconsciente, para ter certeza.

O soldado ficou olhando surpreso.

– É o prisioneiro? – instigou o comandante. – É?

Levin sacudiu a cabeça:

– Não.

– Então quem é ele? – exigiu o comandante.

– É Dimitri. Ele estava comigo no banco de trás do jipe.

– Por que ele não está de uniforme?

– Ele estava – protestou Levin. – Estas são as roupas do prisioneiro.

O comandante fez uma careta.

– E Dimitri estava na traseira do jipe? Mas nós acabamos de levar aquele homem para o caminhão. Então onde está... – Ele ficou boquiaberto... e pegou o rádio.

O caminhão entrou no conjunto principal, cercado por unidades industriais: prédios revestidos de metal, oleodutos, estações de bombeamento. Saía fumaça de respiradouros e válvulas, de forma que era como sair da traseira do caminhão e entrar em uma região do próprio inferno.

Chance fez um gesto de esfregar a cabeça.

– Enfermaria – ele grunhiu, esperando que os guardas que tiravam do caminhão o soldado inconsciente não percebessem que seu sotaque precisava ser melhorado.

Eles não pareceram se dar conta, e Chance segurou um sorriso. Esperava conseguir ir embora andando a pretexto de ajudar na busca. Tinha avaliado que, com sorte, poderia chegar à estrada principal e pegar uma carona, talvez até confiscar um carro e seguir para a fronteira ucraniana.

Mas, em vez disso, ele tinha sido escoltado direto para o interior do território inimigo, justamente para onde o levariam de qualquer jeito. Mas Chance via nisso apenas um atraso, não uma derrota. Em algum lugar haveria de ter um veículo que ele pudesse "pegar emprestado".

Ele contornou a traseira do caminhão... e deu de cara com o cano de um rifle. Três soldados estavam à sua frente, todos apontando as armas para ele. Um quarto ouvia o rádio.

– Está tudo bem – disse o quarto soldado no megafone. – Já estamos com ele.

Chance suspirou:

– Valeu a tentativa – disse. – Vocês têm de admitir. – Ele levantou as mãos. – Vou ficar quieto – ele disse em russo, acrescentando em inglês, em voz baixa: – Por enquanto.

– Precisamos nos encontrar – disse a voz de Ardman da outra ponta do telefone. – Não podemos falar disso por telefone.

– Você quer dizer, para você poder nos prender, ou atirar em nós, ou seja lá o que for? – disse Jade. Ela olhou para Rich e pela expressão dele viu que ele concordava com ela; era arriscado demais.

– Eu entendo que vocês devam estar desconfiados.

– Eu diria mais "aterrorizados" – murmurou Jade. Rich sorriu.

– Então – continuou Ardman, que não ouviu o que ela disse –, por que vocês não escolhem o lugar e a hora? Prometo ir sozinho. Só eu. Escolham algum lugar público onde vocês possam saber se estão sendo observados, de onde possam fugir com facilidade se acharem que estão em perigo. Mas eu prometo a vocês que isso não vai ser necessário. Realmente não.

– Espere – disse Jade cobrindo o fone com a mão. – O que você acha? – ela perguntou a Rich em voz baixa.

Rich deu de ombros:

– O que mais podemos fazer? E, como ele diz, podemos escolher um lugar onde eles não ousariam tentar nada.

– Esperemos que sim – disse Jade. – Tudo bem, onde?

– Aqui?

– Muito cheio. Precisamos de um lugar onde possamos conversar. Em segurança. De qualquer jeito, podemos querer voltar para cá para usar o computador ou por outro motivo. Então é melhor eles não saberem deste lugar. Mas um café, um restaurante, um bar ou outro lugar do tipo pode ser bom.

De repente Rich riu:

– Que tal o bar de um grande hotel? Ele paga.

– Nós não vamos beber – disse Jade. – Mente clara, certo?

– Eu pensei em uma Coca – disse Rich. – Ou talvez um almoço.

A voz de Ardman veio do fone quando Jade retirou a mão:

– Vocês ainda estão aí?

– Estamos – ela o tranquilizou. – Diga o nome de três hotéis grandes no centro de Londres. Três quaisquer. Pense primeiro.

Ardman fez o que ela disse, embora parecesse desnorteado:

– O Savoy, o Ritz, o Clarendorf?

– Este último. O Clarendorf. – Jade ergueu as sobrancelhas para Rich, indicando uma pergunta. Ele balançou a cabeça, confirmando. Esse serviria. – Vamos nos encontrar com você no bar principal. Daqui a meia hora. Se não estivermos lá, espere por nós. Até lá. – Ela ia desligar.

– Espere – disse Ardman depressa.

Jade hesitou:

– O que foi?

– Se vocês não me reconhecerem...

– Nós vamos reconhecer – disse Rich.

– Só por precaução. Vou deixar meu nome com o *barman*, assim ele sabe quem sou eu. Basta vocês perguntarem por Hilary Ardman.

Rich riu alto.
– Qual é a graça? – perguntou Ardman, parecendo um pouco ofendido.
– Hilary é nome de mulher – disse Jade.
– E Jade é uma pedra semipreciosa escorregadia – devolveu o homem. – Vejo vocês em meia hora.

O técnico estava fazendo um sinal de positivo. Ardman balançou a cabeça e desligou o telefone.
– Peguei – disse o técnico.
Ardman tirou os pés da mesa e se levantou. Pegou o casaco das costas da cadeira e o vestiu.
– Vai ver o *show*? – perguntou o terceiro homem da sala. Ele acabara de falar com urgência em seu celular.
– Não – disse Ardman. – Vou até o Clarendorf tomar uma bebida.
O homem riu:
– Certo. – Então ele percebeu que Ardman não estava rindo. – Você fala sério? Eles não vão estar lá, vão?
– Vamos ver – disse Ardman. – Se o pessoal de Goddard subestimar esses garotos, eu prefiro que tenhamos uma alternativa. Não podemos deixar Vishinsky chegar perto deles.
– Se a equipe de Goddard perdê-los, não é provável que eles vão se encontrar com você, é? – perguntou o homem.
Mas Ardman já tinha saído.

– Nós vamos encontrá-lo? – perguntou Jade.
– Eu continuo não confiando nele, não importa o que ele diga – disse Rich.

– Nem eu – ela concordou. – Então, o que vamos fazer? Ir lá ver se ele aparece, depois decidir se devemos falar com ele?

– Tenho uma ideia – disse Rich. – Quanta carga tem na bateria desse telefone?

Jade tirou o celular da mochila:

– Parece que...

Eles ouviram um súbito guinchado de um carro freando do lado de fora do café. No mesmo instante, pareceu que uma centena de sirenes de emergência começou a soar. Através da janela, Jade e Rich viram vários carros de polícia cantando pneu ao parar na rua lá fora. Dois deles deram uma guinada, um em cada lado do café, bloqueando a rua.

Portas de carro se abriram e policiais uniformizados saltaram. Mas mesmo antes de eles chegarem ao café, a porta se abriu com um estrondo. Homens de terno preto e óculos ainda mais escuros entraram correndo.

– Policiais armados! Ninguém se mexe!

15

Assim que ouviu o primeiro carro cantar pneu e parar, Rich se levantou. Agarrou Jade e a empurrou à frente dele, entrando pela porta ao lado, que levava aos banheiros e aos fundos do café.

– Eu pensava que a polícia não estava interessada – disse Jade ofegante.

– Isso era antes – disse Rich. – Isto é agora.

Além das duas portas dos banheiros, havia uma terceira, com uma barra atravessada e uma placa de saída de incêndio acima. Rich empurrou a barra e sentiu que ela cedia. A porta estava emperrada por falta de uso, mas com a ajuda de Jade ele conseguiu abri-la.

– Como eles nos encontraram? – ela perguntou. – Ardman?

– Ele não sabe onde estamos.

– Você tem certeza?

– Talvez eles tenham conseguido rastrear a ligação – admitiu Rich. Ele olhava em volta, decidindo para onde ir.

Eles estavam em um pátio nos fundos do café. Havia outra porta para a cozinha e um portão que tinha de dar na rua, usado para as entregas. Em um canto estavam agrupados latões de lixo de metal. Rich não pensou em tentar se esconder dentro deles.

Levantou a portinhola e deu uma olhada na rua:

– Não vai demorar para eles deduzirem por onde saímos.

– Supondo que eles soubessem que estávamos lá – disse Jade.

Na fechadura do portão havia uma chave grande. Jade a pegou e, depois de saírem, fechou o portão e o trancou com a chave. Era de madeira compacta, como a porta de um celeiro; portanto, não era possível ver através dele.

– Isso deve deixá-los em dúvida – ela disse.

A rua era um beco, terminando em uma parede. A outra extremidade se juntava à rua principal na frente do café, e eles caminharam com cuidado para a junção.

Atrás deles, Rich pôde ouvir o portão chacoalhando, como se alguém tentasse abri-lo por dentro. Com sorte, eles suporiam que ninguém poderia ter saído por ali. Talvez fossem pedir a chave, mas isso levaria tempo.

Rich e Jade saíram na rua principal além da área bloqueada pelos dois carros de polícia atravessados. Porém, mais adiante, vários policiais estavam isolando a área com fita plástica.

– Estamos presos – disse Jade. – Aposto que estão fazendo a mesma coisa na outra ponta da rua.

– Eles não podem fechar a rua para sempre.

– Nem vão. Vão fechá-la e depois nos procurar.

– Uma travessa – decidiu Rich. – Se formos rápidos, eles não terão tempo de bloquear todas elas.

Havia uma travessa entre o beco de onde eles tinham vindo e a barreira. Eles tentaram não chamar a atenção, esperando que os policiais não olhassem para a rua e os vissem enquanto seguiam apressados pela calçada. Por sorte, os policiais na barreira estavam ocupados respondendo a perguntas e ouvindo reclamações das pessoas que queriam passar.

Rich e Jade entraram na travessa. Em um dos lados havia casas. Do outro lado corria uma parede de tijolos, alta demais para escalar. E desse mesmo lado, entre a calçada e a rua, estava plantada uma fileira de árvores velhas.

– Que tal passar por uma das casas? – sugeriu Jade. – Sair pela porta dos fundos e atravessar o jardim.

– Se elas tiverem porta dos fundos – disse Rich. – Se não ficarmos presos lá dentro. Se quem abrir a porta para nós não gritar pela polícia. É! Grande plano!

Enquanto andavam apressados pela rua, eles viram uma figura uniformizada parada na outra extremidade, dizendo às pessoas para se afastarem.

– Talvez seja o único plano que temos – disse Jade. – O que mais podemos fazer? Nos esconder em cima de uma árvore?

Rich não tinha pensado nisso. Ok, sua irmã estava brincando, mas talvez... Ele olhou para cima da árvore mais próxima na lateral da rua. Para ser honesto, duvidava que eles ficassem muito escondidos, mesmo que conseguissem subir nos galhos.

– Jade, Rich – disse uma voz atrás deles. – Que bom ver vocês de novo tão cedo.

Girando, tenso e pronto para correr, Rich ficou surpreso de ver a figura parada atrás deles. Era a mulher do café. Devia tê-los seguido da rua principal. Usava uma capa de chuva cinza comprida e carregava uma bolsa preta grande embaixo do braço, como se ela fosse pesada. Seu longo cabelo preto esvoaçava levemente na brisa.

– Você chamou a polícia! – Jade a acusou.

– Claro que não – assegurou a eles a mulher. – Acho que deveríamos sair daqui o mais depressa possível.

– Você vai nos ajudar a escapar?

– Fiquem aqui – ela disse sorrindo. – Vou dizer ao policial no fim da rua que vi dois garotos com atitude suspeita entrando em uma das casas. Quando ele for averiguar, vocês podem passar. Vou manter o policial ocupado enquanto puder e encontro vocês na próxima rua. Há uma agência do correio e uma banca de jornais. Esperem por mim lá.

– E se formos vistos? – disse Rich.

– Não serão. Confiem em mim. – Magda balançou a cabeça e sorriu. – Vocês passaram por tanta coisa, pobres crianças. Deixem-me ajudá-los. Deixem-me ajudá-los e tudo vai ficar bem, vocês vão ver.

Rich olhou para Jade. A garota balançava a cabeça, concordando.

– Tudo bem – ela disse. – Acho que precisamos de toda a ajuda que pudermos ter. – E sorriu, mas era um sorriso de tristeza. – Obrigada.

Magda sorriu de volta:

– É um prazer. Agora, preparem-se.

Enquanto Magda foi falar com o policial, Rich e Jade ficaram nas sombras perto do muro alto, debaixo de uma das grandes árvores que margeavam a rua. Viram Magda conversar com o policial, que parecia muito disposto a seguir uma mulher tão atraente até o portão do jardim da casa no fim da rua.

– Homens! – disse Jade.

– O que você quer dizer? – perguntou Rich.

– Se ele não tivesse ido com ela, estaríamos presos aqui.

Eles correram depressa e em silêncio até o fim da rua e viraram a esquina. Pararam para tomar fôlego ao lado da cerca viva, uma cerca em volta do jardim da última casa. O policial provavelmente estava bem do outro lado da cerca, mas, como ela era alta e densa, ele não teria como vê-los.

– A agência do correio deve ficar logo ali – disse Jade.

– Sim – concordou Rich. – Que sorte a Magda ter nos encontrado neste momento. – Ele imaginava se ela estivera procurando por eles ou se teria sido pura sorte. Estava prestes a seguir Jade pela rua quando ouviu um estouro estranho vindo do outro lado da cerca.

– O que foi isso? – ele disse, tomando cuidado para manter a voz baixa.

Jade correu de volta para ver.

– Eu não ouvi nada – ela disse. Mas, no mesmo momento em que ela falava, o som se repetiu mais duas vezes em uma sequência rápida.

– Eles estão estourando champanhe? – imaginou Jade.

Rich viu que havia uma parte menos espessa da cerca viva, com mais galhos e ramos do que folhas. Esticou os braços entre os ramos finos e os separou na esperança de enxergar o jardim do outro lado. Jade se inclinou ao lado dele, também olhando pela abertura que Rich tinha feito.

Eles tinham uma boa visão de um gramado bem cuidado, cercado de canteiros de flores bem arrumadas. Mas não foi isso o que fez Rich e Jade paralisarem repentinamente, horrorizados.

O policial estava deitado de costas no chão. Magda estava de pé ao lado dele. Segurava uma pistola com um silenciador comprido e grosso apontada para o cadáver do policial. E na mente confusa de Rich não houve nenhuma dúvida de que o homem estava morto. Ele podia ver os olhos vidrados, o olhar congelado de medo e fumaça saindo do buraco na testa do homem...

Magda verificou a arma e a enfiou na bolsa. Então olhou para cima como se sentisse que estava sendo observada. Olhou direto para o buraco na cerca de onde Rich e Jade a avistavam.

Jade se recuperou do choque antes de Rich. Agarrou o braço do irmão:

– Corra! – sussurrou.

E eles correram juntos.

16

O bar principal do hotel Clarendorf era sutilmente iluminado mesmo no meio do dia. Era um salão comprido e estreito no edifício do período da Regência, com sofás de couro e poltronas dispostos em torno de mesas de madeira envernizada.

Em uma das extremidades ficava o bar, com a frente revestida de painéis de carvalho combinando com as paredes do salão e o forro de mármore brilhante. Na outra extremidade do longo salão, havia um pequeno mezanino, aos fundos do qual se chegava por uma escada estreita do *hall*. Havia várias mesas nele, mas hoje só uma delas estava ocupada. Um homem e uma mulher chegaram logo depois de Ardman e tomavam sua bebida, quase escondidos nas sombras do fundo.

Ardman deu só uma olhada neles enquanto procurava em volta algum sinal de Rich e Jade. Ainda faltavam alguns minutos para o horário combinado. Se Goddard fosse tão bom quanto gostava de pensar que era, os gêmeos já estariam em segurança no banco de trás de um carro sem identificação.

Ardman encontrou uma poltrona para sentar da qual podia observar as duas portas de entrada no bar e ter uma boa vista dos outros clientes – não que houvesse muitos – e fez um gesto para o *barman* de que gostaria de uma bebida.

O *barman* se aproximou e anotou o pedido de uma xícara de chá. Era um pouco cedo para qualquer outra coisa, decidiu Ardman. Mas se ele fosse ficar por muito tempo, uma dose de puro malte ajudaria a espantar o tédio mais tarde. O *barman* voltou com o chá em uma pequena chaleira folheada de prata, junto com uma xícara, um pires de porcelana chinesa e uma jarra de leite prateada.

O açúcar era cristalizado, como pedrinhas preciosas não lapidadas em uma tigela de porcelana. Deliciado, Ardman escolheu dois cristais verde-claros como jade sem polimento e os colocou em seu chá.

Quando seu telefone tocou, Ardman verificou o mostrador no celular e atendeu:

– Alô, senhor Goddard. O senhor está ligando para dar boas notícias, imagino.

Goddard pareceu constrangido:

– Não consigo imaginar como nós os perdemos.

Ardman suspirou:

– Isso acontece. Não se preocupe. Eu já encontrei esses garotos, se bem que brevemente. Eles são bons. Muito bons, ao que parece.

Ele quase conseguiu ouvir o movimento embaraçado de Goddard no outro lado da linha:

– Há outra notícia infeliz, senhor.

Ardman ouviu com o rosto sério:

– É mesmo uma infelicidade – concordou. – Duvido que os gêmeos Chance tenham feito isso, mas vou tomar cuidado...

– Eu acho que o senhor deveria pedir ajuda – disse Goddard.

– Não, não certamente não quero seu pessoal pisando aqui com aquelas botas pesadas. Você já os assustou uma vez, não quero que faça isso de novo.

– O senhor acha que eles vão aparecer?

– Não sei – disse Ardman. – Mas é a única esperança que temos; a única esperança que eles têm, aliás. Então vou esperar o dia inteiro se for preciso.

Rich observou Ardman um pouco do vão da porta antes de reunir coragem para se aproximar. Ele e Jade estavam observando o homem desde que ele chegara. Agora Rich tinha certeza de que o homem o vira, mas ele continuava tomando seu chá como se nada tivesse mudado. Era difícil tirar da cabeça a imagem do homem enxugando o sangue com um lenço. Mas então Rich se lembrou da visão de Magda parada ao lado do policial morto, com a arma do crime ainda na mão. Ele sentiu um calafrio, e andou depressa até onde Ardman estava sentado.

– Você veio sozinho? – perguntou Ardman quando Rich se sentou na frente dele em outra poltrona de couro. Rich pegou seu celular e o pôs sobre a mesa entre eles.

— Jade está ouvindo. Você não precisa saber onde ela está. Ela pode estar a quilômetros de distância. Ao menor sinal de problema ela vai embora.

Ardman concordou em silêncio:

— Muito bom. Você está supondo que eu queira vocês dois e é claro que está certo. Mas quero ter certeza de que vocês estão seguros.

— Foi você quem mandou a polícia?

Ardman não respondeu. Em vez disso, perguntou:

— Foi você quem matou o policial Skinner?

Rich sentiu a boca secar:

— Não — ele disse. — Foi a mulher, Magda. Ela é da sua turma?

Ardman sacudiu a cabeça:

— Definitivamente, não. Porém, se a mulher em questão tem cabelos pretos e longos, certamente temos um arquivo sobre ela. Bonita, mas letal. O melhor é ficar fora do caminho dela.

— Obrigado, mas acho que podemos resolver isso sozinhos — disse Rich. Ele fez um aceno de cabeça para o telefone na mesa entre eles. — Você tem cerca de dez minutos antes que meus créditos acabem. Depois, vou embora.

— Seu pai trabalha para mim — disse Ardman. — Ele não é espião industrial, é um agente do governo, por falta de um termo melhor. Como eu já disse, dirijo um departamento muito especial que se reporta ao comitê de emergências do gabinete do primeiro-ministro, o COBRA. Ou a certas pessoas que trabalham para ele, de alguma forma.

– E o que o meu pai faz para você? – quis saber Rich. – Além de ser abduzido?

– Neste caso, ele estava investigando uma empresa de petróleo.

– A KOS.

Ardman concordou em silêncio:

– Isso mesmo. Ele assumiu o lugar de um especialista industrial chamado Lessiter.

– Nós sabemos. O que aconteceu com Lessiter?

– Ele ficou encantado de descobrir que antes de assumir o posto tinha oportunidade de fazer um cruzeiro de graça pelo Mediterrâneo com a família, e tudo por conta dos contribuintes de Sua Majestade.

Rich fez uma careta:

– Então ele não está morto?

Ardman pareceu chocado:

– Por favor, que tipo de homem você pensa que eu sou?

– Não estou certo se você quer que eu responda a isso.

Ardman sorriu:

– *Touché*. A propósito, você gostaria de tomar alguma coisa?

– Não, obrigado. Eu não vou demorar.

– Ainda não está convencido? – Ardman parecia decepcionado. – O que mais posso lhe contar, então? Deixe-me ver... Eu precisava de um homem dentro da KOS para ver o que Vishinsky estava tramando. Ele é...

– Sabemos quem é Viktor Vishinsky.

— Bom, isso vai poupar tempo. Então vocês devem saber que eu precisava de uma prova absoluta de que havia um... como devo dizer? Um problema? — Ele balançou a cabeça como se concordasse com sua escolha de palavra. — Que havia um problema antes que eu pudesse agir oficialmente contra a KOS.

— Por quê?

Pela primeira vez Ardman pareceu irritado:

— Porque Vishinsky é um homem rico e poderoso que tem amigos nas altas esferas. Eu esperava que você descobrisse isso quando lhe revelei o seu nome.

— Foi de propósito? — perguntou Rich, surpreso.

Ardman olhou para ele com condescendência:

— Meu jovem — disse —, você precisa perceber que neste jogo, o jogo no qual vocês estão agora, tudo é de propósito. — Ele fez uma pausa para se servir de mais chá antes de continuar. — Vishinsky também sabe disso. E não é por acaso que ele é tão amistoso com muitas pessoas poderosas neste país e também com outras pessoas da Europa e dos Estados Unidos. E também é de propósito que ele conhece tão bem nosso primeiro-ministro e o levou para passar férias em sua *villa* na Itália.

— Então você enviou meu pai para descobrir as sujeiras dele?

— Eu não expressaria isso exatamente dessa maneira — disse Ardman. — Mas sim. Em poucas palavras.

— E a coisa deu errado.

– Sim – disse de novo Ardman. – Vishinsky está planejando algo, mas só seu pai, e possivelmente nem mesmo ele, sabe o que é. Seu pai e um... colega conseguiram entrar em um laboratório protegido na instalação da KOS nas imediações de Londres. Eles retiraram uma amostra de fluido. Mas o que é esse fluido, por que ele é importante e onde ele está agora, isso nós não sabemos.

– Magda mencionou uma amostra de combustível.

– Talvez ela saiba sua importância. Se conseguirmos encontrá-la, poderemos analisá-la e descobrir o que é. A partir daí poderemos ter um bom palpite sobre a utilidade dela. Seu pai a escondeu até poder entregá-la em segurança a seu contato, outro de meus homens. Andrew Phillips.

– O homem que levou um tiro no apartamento.

Ardman concordou em silêncio.

– Talvez ele a tenha entregado e Phillips a tenha escondido, ou ela tenha sido tomada dele. Mas se essa mulher, essa Magda, está perguntando por ela, então a amostra ainda deve estar escondida. – Ele fixou os olhos firmemente em Rich.

– É muito importante que eu tenha essa amostra de combustível – disse solenemente. – Você sabe onde ela está?

Rich tremeu diante do olhar intenso.

– Onde está o meu pai? – ele retrucou. Não queria admitir que sabia nem que não sabia. Não ainda.

– Infelizmente, acho que Vishinsky está com ele. Ele também está desesperado para recuperar a amostra, provavelmente para nos impedir de obtê-la, embora seja possível que ele precise dela de volta.

– Por quê? Ele deve ter um monte dessa coisa.

Ardman sorriu.

– Possivelmente. Mas houve um pequeno incidente na fábrica dele em Londres. Logo depois que seu pai saiu. Talvez você tenha ficado sabendo que o lugar todo explodiu. Um acidente de percurso.

Rich estremeceu de novo.

– Meu pai?

– Seu pai – disse Ardman, inclinando-se para a frente de forma que o telefone na mesa entre eles ouvisse alto e claro – é um homem muito corajoso, mas ele está sozinho agora e corre um perigo terrível. Estou pedindo a vocês que me ajudem a ajudá-lo. Por favor.

A porta do mezanino que ficava sobre o bar estava fechada. Qualquer pessoa que subisse a estreita escada para o mezanino teria encontrado um aviso na porta que dizia: FECHADO PARA REFORMA. No entanto, voltando ao bar e olhando para cima, talvez achasse estranho que houvesse duas pessoas sentadas lá.

O homem e a mulher no mezanino não achavam nada estranho. Era Stabb quem tinha colado o aviso na porta. Agora ele e Magda estavam inclinados muito próximos sobre a mesa entre eles.

Ouviam as vozes que chegavam através de fones de ouvido individuais, ligados por um fio fino a um aparelho preso com fita adesiva a uma das longarinas de madeira ornamentadas que havia na frente do mezanino. Um potente microfone direcional apontava direto para Ardman e Rich, sentados a meia distância no bar, com um celular sobre a mesa entre eles.

"... que me ajudem a ajudá-lo. Por favor." A voz de Ardman era levemente metálica, mas bastante clara.

– Ah, como o cara é bonzinho – disse Magda, empurrando o longo cabelo preto para trás da orelha. – Querendo ajudar o pobre garotinho. Você não acha que nós também deveríamos oferecer ajuda a ele?

O senhor Stabb sacudiu a cabeça.

– Nós precisamos deles dois. Chance não parece se preocupar com eles, então não podemos usar os pirralhos para pressioná-lo. Mas se tivermos os dois, poderemos ameaçar um para fazer o outro nos contar onde está escondida a amostra. Os Serviços de Segurança não sabem nada, ao que parece, então o senhor Vishinsky pode se adiantar. Nada pode pará-lo agora. Assim que pegarmos esses garotos.

17

O saguão do hotel era grande e impessoal. Havia uma grande área para sentar de um lado, perto do bar principal. Jade tinha encontrado uma cadeira de encosto alto onde podia ficar sentada sem ser vista pelos funcionários do balcão da recepção. Havia posto a cadeira em um ângulo que a deixava de frente para uma grande lareira.

Não havia lenha queimando e ela não estava interessada na lareira enfeitada. Estava observando o espelho acima do console, no qual podia ver as imagens refletidas de Rich e Ardman. Não conseguia ver o rosto de Ardman, então tinha certeza absoluta de que ele não podia vê-la, mesmo que estivesse olhando em sua direção.

Ela e Rich tinham ficado sentados juntos ali um pouco, cada um tentando entender de seu jeito o que tinham visto. Eles observaram cuidadosamente Ardman, olhando em toda a volta para ter certeza de que o homem estava mesmo sozinho. Pelo que puderam ver, ele não tinha trazido ninguém consigo. Quando tiveram o máximo de certeza,

Rich ligou do celular do pai para o de Jade e foi se encontrar com Ardman no bar.

Agora Jade ouvia atentamente a conversa entre seu irmão e o homem do MI5, ou fosse lá o que fosse. As vozes deles eram baixas e ela tinha de se esforçar para ouvir, mesmo com o volume do telefone no máximo.

– Quero que você ouça algo – disse Ardman.

– É melhor que seja rápido – disse Rich. – Vou embora daqui a pouco.

– Não vai demorar. Está gravado em MP3; imagino que esse é o modo como as coisas são feitas hoje em dia.

– Ótimo, você vai me deixar copiá-lo no meu *iPod*, é isso? – disse Rich.

– Na verdade eu pensava em tocá-lo nisso – respondeu Ardman. – Se eu o puser aqui ao lado do telefone, Jade também pode ouvir. Imagino que assim esteja bem.

– É! Ótimo! Pode ser.

Houve uma pausa e, pelo espelho, Jade viu Ardman abaixando a mão para pôr algo na mesa entre ele e Rich. Ela imaginou que fosse um gravador digital, no qual ele poria para tocar o arquivo para que eles pudessem ouvir.

– O que você vai ouvir – disse Ardman – é protegido pela Lei Oficial de Segredos. – Ele fez uma pausa e Jade quase pôde ouvi-lo sorrindo. – Não que isso faça muita diferença, mas legalmente eu preciso lhe dizer.

– Você está se protegendo?

– Gosto de fazer as coisas do jeito certo. Trata-se da gravação de uma conversa telefônica feita na semana passada.

Não tenho permissão de dizer quem está falando nem por que a conversa foi gravada, mas imagino que você vai reconhecer as vozes e concluir por que todas as ligações do cavalheiro em questão estavam sendo gravadas. Posso começar?
– Vá em frente – disse Rich.
Jade apertou o fone ainda mais na orelha, imaginando o que estava prestes a ouvir. Quando a gravação começou, era mais alta do que as vozes de Rich e Ardman, e ela na verdade podia ouvi-la com muita clareza.
A primeira voz disse apenas uma palavra:
– Sim? – Mas Jade reconheceu a voz de imediato: era de seu pai.
– É o senhor Chance? – perguntou uma voz de mulher, insegura e um pouco nervosa.
– Como você conseguiu este número? – perguntou Chance.
– Ah, meu Deus – disse a mulher. – Eles me disseram que isso talvez fosse mais difícil do que... hum... eu consegui, é... bem, com seus empregadores. Acho. Eles foram um pouco vagos no ministério quando eu...
Chance a interrompeu:
– O que você quer?
– Meu nome é...
O nome dela estava encoberto por um bipe agudo. Jade fez uma careta e puxou o fone do ouvido, mas tinha reconhecido a senhora Gilpin. Hesitando, ela o pôs de volta a tempo de ouvir a voz de Ardman dizer em voz baixa:
– Desculpe por isso.

A voz da senhora Gilpin continuou:
– Senhor Chance, eu tenho uma notícia para o senhor. Infelizmente não é uma boa notícia. E... bem, talvez seja um choque. Posso perguntar se o senhor está sentado? Acho que talvez o senhor devesse estar.
– Eu estou acostumado com notícias ruins. Apenas me conte.
– Se o senhor tem certeza. É sobre Sandra, Sandra Chance.
Houve uma pausa, e então Chance disse devagar:
– Continue. Estou sentado.
– Houve um acidente. Um acidente na rua. Foi... não havia nada nem ninguém que pudesse fazer alguma coisa. Ela não sentiu nada, foi instantâneo. Eu... desculpe, não estou fazendo isso muito bem.
– Está, sim. Obrigado por me avisar, mas faz muito tempo desde a última vez que vi Sandra.
– Mas a questão é que...
– Obrigado – insistiu Chance. Jade pôde ouvir a emoção contida na voz dele. Talvez fizesse muito tempo, mas ele estava sentindo. Ela sabia exatamente como ele devia estar se sentindo. Parecia que fazia séculos desde que tinham ido à escola e tirado Rich e ela da classe para lhes contar... Ao ouvir aquilo de novo, Jade enxugou os olhos com a mão livre e imaginou se Rich estaria bem. A imagem dele no espelho parecia borrada e indistinta.
– Tenho certeza de que a senhora tem muitas outras pessoas a quem precisa avisar – disse Chance. – Amigos, família...

– É... na verdade, não – disse a mulher. – Não há mais ninguém. Ninguém além do senhor. Acho que ela nunca... Bem, não cabe a mim dizer. Mas pensei que o senhor devia saber imediatamente. Sobre Sandra, quer dizer, mas também que...

– Que o quê?

– Bem, que seus filhos estão bem. Eles não estavam com a mãe na hora do acidente.

– Meus... filhos?

– Eles estão muito tristes, é claro, mas estão bem. São garotos bons. Firmes. Eles vão ficar bem. Só que, bem...

– Meus filhos? – repetiu Chance. Jade podia imaginá-lo se perguntando que diabo estava acontecendo, o que a mulher estava lhe dizendo. Depois de todos aqueles anos.

– O enterro é amanhã – disse a mulher. – Lamento avisá-lo tão em cima da hora, mas levei muito tempo para encontrá-lo. Sandra deixou uma carta dizendo que o senhor trabalhava para o governo. Foi bem difícil localizá-lo... Mas se o senhor puder ir até lá, tenho certeza de que Rich e Jade vão gostar.

Houve um silêncio do outro lado da linha, então a mulher continuou.

– Agora seus filhos precisam do pai mais do que nunca. Senhor Chance, eles precisam do senhor.

Jade sentiu as lágrimas nos olhos enquanto observava no espelho a imagem borrada de Ardman se inclinando para a frente. A gravação parou com um clique.

Rich estava sentado congelado, todos os pensamentos de ir embora saíram de sua mente. Na frente dele, Ardman selecionava outro arquivo em seu minúsculo tocador de MP3.

– Esta é muito mais recente – ele disse. – Mais uma vez, não posso lhe dizer quem são as pessoas, mas é suficiente dizer que uma é o mesmo homem da gravação anterior, e o outro homem vocês também conheceram, se bem que brevemente, porque, infelizmente, ele agora está morto.

– Phillips – murmurou Rich.

Se Ardman o ouviu, não deu sinal disso.

– Sinto muito ter de fazer isso com vocês – ele se desculpou. – Com vocês dois.

– Eu acho que estou sendo vigiado – disse a voz de Chance vinda do aparelho.

– Você tem certeza? – perguntou a outra voz. Rich a reconheceu imediatamente como a de Phillips, embora ele estivesse compreensivelmente mais tranquilo e menos tenso do que quando Rich e Jade o encontraram.

– Não. Eles são bons, sejam quem forem. Mas é ainda mais urgente que eu lhe entregue a amostra.

– Sim, bom, você devia ter feito isso no outro dia e não apareceu.

– Tive de ir a um enterro.

Houve uma pausa, então Phillips disse:

– Eu soube. Sinto muito. Também soube dos garotos. Eles estão bem?

– Você quer saber se eles estão conseguindo lidar com a situação, ou se eu estou conseguindo?

Houve uma risada curta.

– As duas coisas, imagino.

– Bem, eles estão bem. Foram passar a manhã fora. Deus sabe o que eu vou fazer com eles quando voltarem. Preciso escolher escolas. É uma atrapalhação.

– Um sofrimento de verdade, certo? Algo pelo qual você não tinha de passar.

A resposta de Chance foi surpreendentemente abrupta:

– Eu não quis dizer que eles estão atrapalhando a minha vida. É com eles que estou preocupado. Que tipo de pai eu sou? Que tipo de confusão estou criando para eles? A mãe deles acaba de morrer, o mundo deles virou de cabeça para baixo, e o que eu estou fazendo para ajudar? Não sei nem por onde começar.

– É... Bem, tenho certeza de que você vai fazer o melhor possível.

– E se isso não for suficiente? É dos meus filhos que estamos falando. E o melhor que eu posso fazer é tentar tirá-los do caminho até que seja seguro cuidar deles adequadamente. Você tem alguma ideia de como isso faz eu me sentir? Tem?

Rich estava sentado boquiaberto enquanto ouvia. Parecia John Chance, mas o que ele estava dizendo soava muito diferente de como ele e Jade tinham imaginado que ele se sentia.

– Olhe, John – disse Phillips –, eu tenho de pegar essa amostra com você. Precisamos analisá-la e descobrir o que Vishinsky está tramando. Vou aparecer aí esta noite. É melhor quando estiver escuro. Quando as crianças estiverem dormindo.

– Não – disse Chance. – Aqui não.

– Você realmente acha que o apartamento está sendo observado?

– Eu não posso correr esse risco.

– É mais seguro no apartamento do que em qualquer outro lugar.

– Para você e para mim, talvez – concordou Chance. – Mas não para meus filhos. Não posso correr o risco de eles se envolverem. Não vou colocá-los em perigo de jeito nenhum, nem por mim, nem por você, nem por ninguém. Entendeu?

Phillips pareceu sentir a determinação de Chance.

– Ok. Como você quiser. Olhe... vou ligar mais tarde e podemos pensar em um lugar adequado para nos encontrarmos. Você... faça o que tiver de fazer.

– Obrigado. Realmente não sei por onde começar. Mas é assim mesmo, não é? Um novo começo. Quando fui ao enterro de Sandra, não tinha ideia. Quer dizer... me contaram que havia dois filhos, gêmeos, que eles são meus e que eu tenho de cuidar deles. Mas isso não tem nada de abstrato. Eu pensei: "Apenas mande-os para a escola." Não tem nada a ver comigo. Mas então eu os encontro e eles são de fato pessoas reais. Posso ver tanto de mim neles, nos dois. Rich é teimoso e argumentativo e Jade é inflamada e indisposta a ajudar. Mas eu não posso culpá-los por serem como eu, posso?

– Não se estresse, John – disse Phillips tranquilo. – É um choque, mas você vai conseguir superar.

– Superar? – Ele pareceu surpreso. – Eu não quero superar. Não quero mudar nada. Só quero ser um bom pai, e não sei como.

Ardman desligou o tocador de MP3. Olhou para Rich, mas pareceu olhar além de Rich, para mais alguém que estava com eles na mesa.

Rich se virou para olhar e viu que Jade estava lá, o telefone ainda pressionado contra a orelha. Lentamente, ela se abaixou e encerrou a ligação.

– Nós nunca imaginamos – ela confessou. Sua voz parecia estranha, como se estivesse sendo filtrada através de algo que a quebrava e a juntava outra vez um pouco distorcida. – Ele nunca disse...

Ardman pegou o fone da mesa e o entregou a Rich.

– Adultos muitas vezes não conseguem dizer o que querem nem como se sentem – ele disse em voz baixa. – O que é realmente muito infantil de nossa parte, vocês não acham?

– Você vai encontrá-lo, não vai? – perguntou Rich. – Vai trazê-lo de volta.

Ardman suspirou:

– Infelizmente, por todas as razões das quais falamos antes, minhas mãos estão bastante amarradas. Sim, vou fazer o que for possível. Mas acredito que não seja muito.

– Mas é de nosso pai que estamos falando – insistiu Jade. – Você tem de nos ajudar.

– Não posso ser visto agindo contra Vishinsky. Eu disse a vocês por quê. Mas vou fazer tudo o que puder. Prometo.

– Então Chance se importa – disse Magda. Ela sorriu para Stabb. – Vishinsky vai ficar muito contente de saber disso. Nós podemos pressionar Chance ameaçando os filhos.

– Só se os tivermos para ameaçar – disse Stabb. – Vamos esperar que nossa sorte continue. Foi só por sorte que você conseguiu ouvir os homens do MI5 no cibercafé mencionarem o hotel Clarendorf como um plano alternativo.

A voz de Ardman ainda chegava pelo minúsculo microfone na mesa, mas agora eles davam pouca atenção a ela. O microfone tinha um gravador digital embutido que podia lhes dar depois qualquer informação que faltasse.

– Você disse que precisávamos dos dois. – Magda apontou para as três pessoas em volta da mesa do bar lá embaixo: Ardman, Rich e Jade. – Aí estão eles.

– Considerando o que acabamos de saber, o que ouvimos, talvez só precisemos de um deles. – Stabb sacou uma arma do bolso interno do casaco. – Mas não vamos olhar os dentes de um cavalo dado.

Magda tirou da bolsa uma pequena pistola, a mesma que tinha usado para matar o policial. Dessa vez não havia necessidade do silenciador; ele era incômodo e reduzia a velocidade da bala, tornando a arma menos eficaz.

– Vamos lá – ela disse.

– Como eu já falei – disse Ardman –, não posso me envolver diretamente. Não até ter alguma prova sobre o que Vishinsky está tramando. Meu departamento não existe oficialmente, e o que fazemos nunca é admitido, mas há muitas pessoas que nos conhecem e adorariam ter uma desculpa para desativá-lo. Um movimento errado e eu nunca mais terei condição de ajudar mais ninguém, nem mesmo seu pai.

– Então, o que você pode fazer? – perguntou Jade.

– Posso pôr vocês em contato com alguém que pode ajudá-los. – Ardman tirou do bolso do casaco um cartão e uma caneta-tinteiro. Escreveu nas costas do cartãozinho. – É um antigo colega e amigo de seu pai. Eles estiveram juntos nas Forças Especiais.

– Forças Especiais? – Rich assobiou, impressionado. – Ele nunca mencionou isso.

– Eles nunca mencionam. – Ardman entregou o cartão a Jade. – Esse é o endereço dele. Vão vê-lo. Ele trabalhou com seu pai recentemente para mim, algo ligado à atual situação. Talvez ele tenha alguma informação que possa ser útil. Se não for por outro motivo, ele é um homem bom para ajudar em uma crise, mesmo que... – Ele parou de falar.

– Mesmo que o quê? – perguntou Rich.

Mas Ardman estava olhando para além deles, para a porta principal do saguão.

– Abaixem-se! – ele gritou se lançando em direção a Jade e Rich.

Os braços de Ardman envolveram Jade e a arrastaram para a cadeira onde Rich estava sentado, uma cadeira de couro sólida, de espaldar alto. Jade deu um grito de surpresa e dor, mas ele foi abafado pelos sons das balas que rasgaram o tapete perto de onde ela tinha estado e penetraram na cadeira de Ardman, derrubando-a.

O *barman* tinha desaparecido atrás do bar. Ardman se esforçou para puxar algo do bolso. Uma pistola. Ele saiu de trás do encosto da cadeira a tempo apenas de disparar dois tiros.

– Mulher de cabelo preto longo – ele disse depressa enquanto voltava a se proteger.

– É ela, Magda – concluiu Jade sem fôlego. Estava espremida entre Rich e Ardman. Mais tiros. Eles todos sentiram a cadeira se mover, mas o estofamento espesso parecia ter segurado as balas. Por enquanto.

Ardman saiu de trás da cadeira e atirou mais duas vezes.

– Há um homem também. Vou dar cobertura a vocês. Saiam depressa.

Jade arriscou uma rápida olhada pelo outro lado da cadeira e viu Magda apontando uma pistola para ela. O homem estava atrás de Magda, do outro lado da porta, com o rosto escondido nas sombras. Mas não havia nenhuma maneira de passar por eles e nenhuma outra porta para sair do bar.

– Sair? – perguntou Jade com a voz engasgada. – Como? Por onde? Estamos presos!

A cadeira mudou de lugar outra vez quando mais balas a atingiram. Por enquanto, os disparos de Ardman impediam que os agressores se aproximassem. Mas Rich imaginava que não demoraria muito para ele ficar sem munição.

– Vamos! – Rich gritou para Jade, passando por ela para sair de trás da cadeira funda. Agarrou a mão dela. – Dê-nos cobertura agora! – disse a Ardman.

O homem balançou a cabeça.

– Vão! – Enquanto falava, Ardman se lançou para fora da cadeira e rolou pela sala. Balas ricochetearam no tapete perto dele enquanto ele mergulhava em busca de outra cadeira.

E enquanto Magda e seu cúmplice atiravam em Ardman, Rich ajudou Jade a se levantar e eles correram, não para a porta, mas para longe dela.

Rich tinha pensado que devia haver uma saída atrás do bar, mas era longe demais, e talvez apenas levasse a uma sala sem nenhuma outra saída para dentro ou para fora do bar. Então ele correu, com a cabeça abaixada e o mais rápido que conseguia, para a janela mais próxima.

– Ah, não! – disse Jade. Rich sentiu que ela apertou sua mão, mas não a soltou. Abaixou o ombro, pulou, arrastando Jade, e colidiu com a janela, forçando a passagem para a rua.

De braços erguidos para proteger o rosto da saraivada de cacos, eles emergiram do hotel em meio a uma nuvem de vidro quebrado e lascas de madeira. Caíram, rolaram e se levantaram.

– Obrigada por isso – disse Jade, sacudindo estilhaços de vidro do cabelo.

– Não fique parada aí – advertiu Rich. – Vamos! – Enquanto eles corriam para a próxima rua, Rich ouviu sirenes. Tiros ecoaram atrás deles.

Momentos depois, um carro sem placa parou cantando os pneus do lado de fora do hotel, seguido por dois carros de polícia. Mas Rich e Jade já tinham ido embora fazia muito tempo.

Magda correu para o andar de cima, pegou o gravador digital na frente do mezanino e o enfiou em sua bolsa, depois saiu com Stabb pela porta dos fundos.

Goddard saiu do carro e entrou correndo no saguão do hotel, de arma em punho, em direção ao bar. Não havia sinal de ninguém que tivesse participado do ataque, mas era claro que houvera um tiroteio. Ele ergueu a vista para o mezanino quando ouviu uma porta se fechando. Então ordenou que seus homens se espalhassem e fizessem uma busca no hotel e nos arredores.

Ele correu até onde estava Ardman, estatelado em uma poltrona de couro. Uma linha vermelha irregular atravessava sua testa e seu casaco estava encharcado do sangue de um ferimento no ombro. Goddard pediu, gritando, que chamassem os paramédicos.

As pálpebras de Ardman piscaram.

– Eles... – disse com a voz muito rouca. – Eles foram embora?

– Já devem estar longe – supôs Goddard. – Sinto muito.

Ardman agarrou o braço de Goddard, sacudindo a cabeça de dor.

– Não, os garotos... eles...?

– Eles não estão aqui – disse Goddard. – Talvez tenham tido sorte. O senhor fez o melhor possível.

– Foram para... – Agora ele estava perdendo a consciência enquanto tentava falar. – Eles foram para... Dei a eles o endereço... Foram para... – Sua voz sumiu.

– Para onde? Para onde eles foram? Para onde o senhor os mandou? – perguntou Goddard, percebendo que dois paramédicos esperavam impacientes a seu lado.

Mas era tarde demais: Ardman estava inconsciente. Goddard se afastou para dar passagem aos paramédicos. Um deles mediu rapidamente a pulsação de Ardman.

– Ele perdeu sangue e recebeu um golpe forte na cabeça – constatou um dos paramédicos, depois de um breve exame. – Ele deve ficar bem, mas talvez fique inconsciente por algumas horas.

– Horas? – perguntou Goddard.

O outro paramédico tinha levantado uma pálpebra de Ardman e iluminava o olho com uma lanterna.

– Talvez essa previsão seja um pouco otimista – ele disse. – Imagino que esse cara vá ficar apagado por uns dias.

18

Eles pegaram o metrô até o fim da linha, ansiosos para chegar o mais longe possível. Então conseguiram encontrar um táxi. Rich tinha parado para comprar um *Guia A-Z* como o que consultara antes. O endereço de Dex Halford ficava nos limites da área coberta pelo guia. O táxi os deixou na frente de um portão de fazenda, e Jade usou quase todo o dinheiro que lhes restava para pagar a corrida. Caminharam um pouco, atordoados, pensando apenas em continuar se movimentando.

– Se ele não nos ajudar – disse Jade por fim –, vamos ter de voltar a pé.

– Se ele não nos ajudar, esse talvez seja o menor de nossos problemas – replicou Rich.

Depois do portão havia uma trilha estreita e comprida que levava à casa de fazenda onde Halford aparentemente morava. Eles passaram por várias construções: celeiros e barracões. Mas não havia nenhum sinal de agricultura afora as trilhas de terra. Um dos celeiros estava cheio de carros antigos, todos limpos e polidos.

– Talvez ele os colecione e os restaure – sugeriu Rich.

Eles viraram uma esquina e viram que havia mais carros à beira da trilha. Alguns eram meras carcaças que não tinham nem rodas. Outros pareciam ter acabado de ser estacionados. A trilha levava a um grande pátio de fazenda, e ali havia ainda mais carros estacionados. No meio do pátio estava um Range Rover, e Rich viu as chaves penduradas na ignição – talvez esse fosse o veículo que Halford realmente usasse no dia a dia.

– Há carros até naquele celeiro – disse Jade, apontando para um barracão grande. – Parece que ele os está consertando.

Rich viu uma rampa sobre um fosso com um velho MG em cima, de forma que era possível trabalhar na parte de baixo do carro. Vários outros estavam estacionados em torno dele, um Mini Morris sobre um macaco, um velho Triumph Herald em cima de tijolos.

A trilha atravessava o pátio e seguia até uma casa perto dali. O contraste era chocante. Ao contrário dos celeiros e prédios externos dilapidados, a casa parecia ter sido reformada e pintada recentemente. Ligada à construção de pedra havia uma enorme estufa. Quando eles se aproximaram, Rich viu que era uma grande piscina coberta. Havia cadeiras e espreguiçadeiras de plástico em torno da borda e, ao lado, uma área com aparelhos de musculação e outros equipamentos de ginástica.

– Parece que ele consegue um bom dinheiro com os carros velhos – supôs Jade.

– Talvez ele nos dê uma carona de volta em um deles – disse Rich.

Eles decidiram agir do mesmo modo como tinham feito com Ardman, embora dessa vez Jade insistisse que quem deveria se apresentar era ela.

– Não sabemos nada sobre esse cara – observou Rich.
– Como ele vai reagir nem nada. Não sabemos se podemos realmente confiar em Ardman.

– Mas até agora ele não tentou nos matar – disse Jade.
– O que já é um bom começo.

– É, mas mesmo assim...

– É por isso que só um de nós vai entrar. Vale a pena tomar cuidado. – Jade pegou seu celular. – Do mesmo jeito que antes, só que eu vou ligar para você, já que seu celular está quase sem créditos. Se eu deixar o telefone no bolso, você vai ouvir tudo.

– Talvez isso não seja suficiente. – Rich teve uma ideia. – Diga a ele que você quer se sentar à beira da piscina. Pelo menos eu também conseguirei vê-lo.

– Ah, tudo bem. Será que eu também devo dizer a ele que quero *pizza* e sorvete?

– Você acha que ele vai fazer isso? – replicou Rich esperançoso.

Jade apenas olhou para ele.

Dex Halford pareceu simpático, embora um pouco desnorteado, quando Jade se apresentou e perguntou se podia entrar. Mas não parecia disposto a deixar Jade entrar na casa, e Rich, que observava do outro lado do pátio, viu o homem fazer um gesto para que ela fosse embora. Era estranho – a voz do homem era calma e ponderada, mas ao mesmo tempo ele tentava despachar Jade. Como se ele soubesse que alguém estava ouvindo a conversa e não quisesse perturbá-los.

Mas por fim ele deixou Jade entrar, e Rich encontrou um bom lugar na borda do pátio de onde podia ver dentro da grande estufa. Ouviu Jade perguntar se eles podiam se sentar à beira da piscina.

– Eu adoro ficar sentada à beira da piscina – ela disse.

– Não exagere – murmurou Rich. Ele viu Jade andar até o salão da piscina, seguida por um homem alto que deveria ser Halford. Ele tinha mais ou menos a mesma idade que o pai deles, mas caminhava devagar, com a ajuda de uma bengala. Quando se sentou em uma das cadeiras de plástico, ele estendeu uma perna à frente, como se tivesse dificuldade para dobrá-la.

– Eu não sabia que John Chance tinha filhos – disse Halford. Sua voz era fraca, mas audível através do telefone que Rich pressionara bem contra o ouvido.

Halford ouviu enquanto Jade explicou brevemente o que acontecera. Ela mencionou Rich, mas não deu nenhuma indicação de que ele estava com ela ou mesmo nas proximidades.

– Então, você pode ajudar? – ela perguntou, inclinando-se para a frente na cadeira para ficar perto de Halford.

Rich viu o homem também se inclinar para a frente. Agora ele parecia muito próximo de Jade, tão próximo que, embora parecesse falar muito baixo, sua voz chegava claramente pelo telefone.

– Eu não sei por que você veio me procurar. Realmente não foi uma boa coisa. De jeito nenhum. Você não tem ideia de quanto perigo corre aqui neste momento.

Rich viu a irmã se recostar na cadeira, surpresa. Halford se levantou, olhando para ela. De repente, ele pareceu mesmo muito ameaçador, e Rich fez esforço para ouvir o que o homem dizia.

Mas só o que ele conseguiu ouvir foi um zunido agudo. Ele olhou para o mostrador do telefone – LIGAÇÃO ENCERRADA. Jade também estava sem créditos, ou a carga de sua bateria tinha acabado. Típico.

Agora Halford estava inclinado sobre Jade e Rich podia apenas distinguir o rosto da irmã: uma mistura de ansiedade e medo enquanto ela olhava além de Halford, para onde Rich estava escondido. Mas o que ele poderia fazer? Como poderia ajudar? Ele olhou em volta em desespero, procurando algo, alguma coisa, que pudesse ser útil...

A imagem através da mira telescópica do rifle do atirador era cristalina. Magda observou quando Halford se inclinou sobre Jade, falando com ela com urgência. Mas não pôde ouvir o que Halford dizia, nem precisava. Isso não era trabalho dela. Só tinha de observar e esperar pelo sinal, se ele viesse.

Depois de terem obtido o nome de Halford da gravação digital feita no hotel, foi bastante fácil encontrá-lo. E Magda ficara esperando, observando a casa através da mira do rifle, até que os dois garotos chegaram.

– Você não devia ter vindo aqui – sussurrou Halford para Jade. Seu rosto ficou bem abaixado, perto do dela, quando ele se inclinou de forma ameaçadora. Mas a garota não estava ouvindo, nem sequer olhava para ele. Olhava, incrédula, através da parede de vidro do salão da piscina.

O Range Rover vinha roncando pela trilha, quicando pela superfície irregular, investindo em direção a eles. Não virou onde a trilha se desviava na direção da frente da casa. Apenas continuou em linha reta, bem na direção do salão da piscina. E agora Jade podia ver claramente Rich curvado sobre o volante, com um olhar determinado, enquanto o Range Rover ganhava velocidade.

O som do motor forçado chegou a Halford, que se virou para ver o que era. Bem a tempo de testemunhar o Range Rover entrando em contato com a parede de vidro. Bem a tempo de vê-lo explodir no salão da piscina. Bem a tempo de pular fora do caminho.

Jade estava de pé e correndo quando o Range Rover derrapou de lado em uma massa de vidro quebrado e metal. Ele deu um giro de noventa graus antes de os pneus conseguirem agarrar o escorregadio piso de lajotas. Então avançou por sobre a borda da piscina.

A água da piscina se espalhou, encharcando Jade. Através da água ela viu o Range Rover afundando e Rich se erguendo até a borda da piscina perto dela. Rich correu apressado em direção a Jade, escorregando e deslizando.

– Você está bem? – perguntou quando a alcançou.

– Seu idiota – ela disse. – Você podia ter se afogado!

– O plano não era esse – admitiu Rich.

Ele foi interrompido pelo som de risadas. Halford se esforçava para levantar, dobrado pesadamente sobre a bengala. Ele olhou do Range Rover, que estava submerso na piscina, para Rich e Jade, depois para o lado despedaçado do salão. E continuou a rir.

– Eu acho que devemos sair daqui – disse Jade em voz baixa. – Ele é louco!

– Por que você fez isso? – perguntou Halford entre gargalhadas.

– Eu vim pegar Jade – respondeu Rich.

A risada de Halford foi diminuindo aos poucos.

– Você estava observando – ele se deu conta. – Pensou que eu estava ameaçando sua irmã e veio salvá-la? – Rich balançou a cabeça com a cara apatetada. – Dirigindo para dentro da minha piscina através da parede?

– Bem, sim.

Halford deu um passo em direção a eles e levantou a bengala – apontando para Rich.

– Duas coisas – ele anunciou. – Primeiro, eu não a estava ameaçando; eu não queria fazer mal nenhum a ela. E sinto muito se pareceu que estava.

– E a segunda coisa? – perguntou Rich com ar desafiador.

– A segunda coisa é... – Halford fez uma pausa para olhar de novo para os estragos em volta. – Você sem dúvida é filho de John Chance. Sentem-se e me contem o que diabo está acontecendo aqui. Eu vou fazer o possível para ajudar.

Enquanto ele falava, outro homem tinha entrado no salão da piscina. Ele caminhou entre o vidro quebrado e o metal torcido das enormes esquadrias para se juntar a eles.

– Eu não sou mais tão ágil quanto antes – admitiu Halford, batendo com a mão livre no alto de sua perna ruim. – Não desde isto. Foi por isso que eu fui afastado do exército por invalidez. – Ele olhou para o recém-chegado antes de continuar: – Mas tive sorte de sobreviver... e graças ao seu pai. Ele me tirou do meio de um tiroteio no Afeganistão, muito tempo antes de termos ocupado oficialmente o país, e me carregou dez quilômetros pelo território inimigo para me levar a um ponto de evacuação seguro. Por sorte só fui atingido na perna.

– E quem é esse? – perguntou Jade, balançando a cabeça em direção ao homem que acabara de chegar e agora estava sentado em uma das cadeiras de plástico, ouvindo com interesse a conversa.

– Meu nome é Smith – ele disse, com leve sotaque irlandês. – Sou amigo do senhor Halford e acho que talvez possa ajudá-los.

– Sim – disse Halford. – É uma sorte que o senhor Smith tenha chegado aqui um pouco antes de vocês. – Ele olhou para Jade, com expressão solene. – Lembra-se do que eu lhe disse ainda agora? O senhor Smith é o homem de quem eu estava lhe falando. Que pode ajudar.

Jade fez uma careta, sem saber do que Halford falava. Ele não tinha dito nada sobre um amigo que podia ajudar. Dissera a ela para sair de lá, até o momento em que Rich invadira a festa. Literalmente.

De sua cadeira, o senhor Smith sorriu para Jade. Era um homem baixo, com feições estreitas e angulosas. Talvez ele fosse um ex-soldado ferido em ação, porque Jade via uma cicatriz em sua bochecha: uma forma circular com linhas radiais, parecendo uma aranha branca.

19

– Vou pegar aquela bebida que lhe prometi – disse Halford.

Jade não se lembrava de ele ter oferecido nenhuma bebida, mas tinha ficado muito distraída com a chegada de Rich. E quando Halford falou em bebida, ela percebeu que estava com sede.

– Posso lhe servir algo? – perguntou Halford a Rich. – Ou ao senhor, senhor Smith?

Enquanto Halford entrava na casa, o senhor Smith pediu a Jade e Rich que lhe contassem sua história. Ouviu atentamente enquanto eles repassavam os acontecimentos dos dois últimos dias. Não parecia surpreso de eles estarem à beira de uma piscina com um Range Rover dentro, olhando para um pátio de fazenda através de um buraco aberto na parede...

Halford logo voltou. Smith tinha recusado a bebida, mas Rich e Jade aceitaram a limonada.

– Bebam depressa – disse Halford. – Antes que o gelo derreta.

Assim que começou a beber, Jade viu que havia algo errado. Olhou para Halford. No copo parecia haver uma mosca ou um pouco de sujeira. Então ela viu que Rich estava olhando curioso para seu próprio copo. Quando ele olhou para Jade, estava com os olhos arregalados, como se tentasse lhe dizer algo.

Jade olhou de novo para sua limonada. A forma preta que ela achara que fosse algo flutuando no líquido era na verdade um texto escrito com caneta hidrográfica preta em uma das faces de um cubo de gelo. A imagem estava ficando borrada à medida que o gelo derretia, e ela olhava para o texto através do gelo; portanto, ele estava escrito de trás para a frente e de cabeça para baixo. Jade tentou virar o cubo de gelo com o dedo. Depois lambeu o dedo, como se estivesse só brincando com o gelo.

– Então foi mais ou menos isso – dizia Rich, que de repente parecia cauteloso.

Olhando para o gelo que derretia, Jade pôde imaginar o porquê. Nele, em pequenas letras maiúsculas, agora quase desaparecendo, Halford tinha escrito: PERIGO – VÃO EMBORA.

– E vocês estão dizendo que não sabem nada sobre essa amostra de combustível que seu pai supostamente pegou? – perguntou Smith.

– Absolutamente nada – disse Jade. Então pôs o copo no chão ao lado da cadeira e se levantou, pegando a mochila. – Puxa, estou morrendo de vontade de ir ao banheiro. Parece que faz dias que não vou.

– Por falar nisso, eu também estou – disse Rich, também se levantando. – Você pode nos mostrar onde é? – ele perguntou a Halford.

A boca de Halford se contorceu em uma vaga sugestão de um sorriso.

– É claro. É logo ali. Vou mostrar a vocês.

O senhor Smith também tinha se levantado.

– Acho que não – ele disse. – Ninguém sai daqui.

– Senão? – perguntou Rich.

Como resposta, o homem apontou para a limonada que Rich tinha acabado de pôr sobre uma mesa de plástico ao lado de onde estava sentado. No instante seguinte o copo explodiu.

– Senão sua cabeça vai ficar assim – disse Smith.

De repente Jade se sentiu tão fria quanto o gelo da limonada. Rich estava pálido. Halford demonstrava mais raiva do que medo. Os nós de seus dedos estavam brancos de tanto apertar o punho da bengala.

– Quem é você? – perguntou a jovem com a voz entrecortada.

– O nome dele é Stabb – disse Halford. – Sinto muito, ele chegou um pouco antes de vocês. Eu tentei avisá-la. Há uma mulher com um rifle de tocaia nos observando ali. – Ele apontou para uma pequena área elevada com árvores e arbustos perto do fim do pátio. Então olhou para os restos do copo de Rich. – Parece que ela sabe o que está fazendo.

– Magda é muito boa – avisou Stabb. – Mas vocês já sabem disso, não é? – ele disse a Rich e Jade.

– E o que acontece agora? – perguntou Rich. – Como já lhe dissemos, não sabemos nada sobre essa amostra de combustível.

– É, vocês disseram. Mas seu pai sabe. E agora que temos vocês podemos persuadi-lo a nos dizer onde está a amostra.

– Ele sorriu. – Vamos fazer uma pequena viagem de avião. Ele está esperando em um aeroporto a apenas alguns quilômetros daqui. Vai ser muito emocionante para vocês.

– Não sei se estou gostando dessa história – disse Jade.

– E você, Rich?

Rich sacudiu a cabeça.

– Eu só preciso de um de vocês vivo para pressionar Chance – disse Stabb. – Então tomem cuidado.

Mas Jade não estava ouvindo. Olhava para Halford enquanto ele se deslocava devagar e silenciosamente até uma das cadeiras à beira da piscina. Agora Stabb estava entre ele e a direção de onde viera o tiro – para onde ele tinha apontado ao dizer que Magda estava lá com uma arma. Jade não tinha certeza do que Halford planejava fazer, se é que ele planejava algo. Mas ficou tensa, preparando-se para qualquer coisa.

E não teve de esperar muito. Halford se apoiou nas costas da cadeira de plástico, como se tirasse o peso da perna ruim. Então, em um movimento rápido, agarrou o espaldar da cadeira e a jogou contra Stabb.

O homenzinho não esperava, e a cadeira atingiu-lhe as pernas, derrubando-o. No mesmo instante, Halford mergulhou para o lado e gritou:

– Saiam! Saiam agora! Corram!

Jade não precisou ouvir duas vezes. Rich também estava preparado e ficou bem ao lado dela enquanto ela corria. Eles seguiram para a porta da casa principal e não para a parede quebrada da estufa – esta os deixaria na mira de Magda. Olhando para trás, Jade viu Stabb lutar para se levantar, puxar uma pistola das costas e correr em direção a eles. Ela fechou a porta, mas não havia ferrolho nem chave. Rich já estava correndo pelo corredor estreito do outro lado. Quando chegou ao fim, ele virou à direita, para longe da porta da frente. Jade correu atrás dele. Rich tinha razão, a porta da frente estava totalmente exposta à arma de Magda. Mas eles conseguiriam encontrar a saída?

Os dois dispararam por uma sala de estar, depois uma cozinha e deram de cara com a porta dos fundos.

Rich abriu a porta com força e a atravessou. Jade seguia atrás dele. Um tiro fez lascas de madeira voarem do batente da porta e rasparem o rosto de Jade, arranhando sua bochecha. Então a garota saiu, ainda correndo, e quase trombou em Rich quando ele derrapou e parou em frente a ela.

Diante dele, com um rifle apontado direto para eles, estava Magda. Através do longo cabelo preto de Magda, que esvoaçava encobrindo seu rosto, Jade viu o sorriso cruel da mulher.

Os dois foram enfiados no banco de trás de um carro. Magda se sentou na frente, no banco do passageiro. Tinha trocado o rifle por uma pistola, que manteve apontada para os dois durante todo o tempo que esperaram até Stabb sair da casa de Halford.

Ele pareceu demorar muito, mas finalmente apareceu e se sentou no banco do motorista. Ligou o motor.

– Tudo resolvido? – perguntou Magda.

– O suficiente por enquanto – disse Stabb, embora não parecesse feliz.

– Você o matou? – acusou Jade.

– Eu não o encontrei – disse Stabb. – Mataria se tivesse encontrado, mas ele conhece a casa e a área. Não vale a pena perder tanto tempo procurando apenas pelo prazer de enfiar uma bala em um ex-soldado britânico com uma perna estropiada. – Ele manobrou o carro em um arco amplo e seguiu pela trilha, afastando-se da fazenda. – Mas vocês são um alvo fácil, então fiquem quietos. Como eu já disse, não preciso dos dois. Qualquer um servirá.

– E vocês também não precisam estar com a saúde perfeita – acrescentou Magda. – Lembrem-se disso.

Jade deu de ombros e tentou pegar a mão de Rich. Eles permaneceram em silêncio pelo resto da pequena viagem.

O aeroporto ficava de fato a apenas alguns quilômetros. Era pouco mais do que um grande campo, com uma cabana em uma das extremidades e uma única pista de concreto. Havia vários aviões leves dispostos em torno do campo. Um jato executivo maior, mais novo e com melhor aparência aguardava na pista. Jade ouviu os motores já ligados enquanto eles seguiam em direção a ele.

– Você vai deixar o carro aqui? – perguntou Rich antes de eles saírem.
– Por que não? – disse Magda. – Não é nosso.
– Vão cuidar dele – disse Stabb. E se virou para falar com o comissário uniformizado que descia a escada do avião. – Você já está pronto para partir! Isso é realmente impressionante.
– O homem da guarita de controle nos avisou que vocês estavam a caminho – disse o comissário com sotaque pronunciado. – Eu imaginei que vocês tinham ligado avisando.
Stabb sacudiu a cabeça.
– Não.
– Eles devem ter visto o carro quando nos aproximamos – disse Magda. – Estamos prontos para partir?
O comissário assentiu com a cabeça.
– Tudo pronto.
Jade e Rich foram empurrados pela escada para dentro do avião com uma arma apontada para eles. Depois que entraram, o comissário pegou vários pedaços de corda resistente.
– Mãos juntas, por favor – ele disse. Rich e Jade esticaram as mãos para a frente.
– Mantenha os pulsos separados se você conseguir – sussurrou Rich enquanto o comissário escolhia uma das cordas. – E tensione os músculos o máximo possível.
Jade não sabia ao certo o que ele pretendia com isso, mas procurou seguir a orientação do irmão. As cordas machucaram seus pulsos quando o comissário as puxou bem apertadas. Depois de amarrar os dois, levou-os para os ban-

cos da frente. Havia muito espaço para as pernas entre o banco e o painel à frente deles, e também muito espaço para o comissário se ajoelhar e amarrar os tornozelos deles juntos. Quando terminou, ele jogou a mochila de Jade no banco vazio ao lado dela. Ela imaginou que ele já tinha vasculhado o conteúdo e provavelmente pego seu celular.

– Não consegui ir ao banheiro – disse Jade. – Agora não posso nem cruzar as pernas.

– Eu imagino para onde estamos indo – disse Rich. Mas os dois tinham uma ideia muito boa de qual era o destino.

O som dos motores aumentou e o avião arremeteu pela pista.

Depois da decolagem, Stabb veio vê-los.

– Vocês podem evitar muitas coisas desagradáveis, sabem? – ele advertiu. – Vocês e o seu pai.

– É mesmo? – disse Rich. – Como assim? – Ele estava se sentindo enjoado, e não era por causa do voo. Tinha medo do que poderia acontecer com ele e estava ainda mais aterrorizado com o que poderiam fazer com Jade.

– Apenas me digam onde ela está – disse Stabb.

– Essa amostra de combustível? – perguntou Jade. – Nós não sabemos. Já lhe dissemos, não sabemos.

– Por que ela é tão importante assim? – perguntou Rich. – Para que ela serve? Se você nos disser, talvez possamos imaginar onde papai a escondeu.

Stabb balançou a cabeça.

– Talvez. Ela é a única amostra que sobrou de um combustível muito especial desenvolvido no laboratório de Vishinsky em Londres. Bem – ele disse –, o combustível em si não é importante. O que interessa é o que está nele.

– E por que vocês precisam da amostra? – quis saber a garota.

– Porque não temos a fórmula. Precisamos da amostra para fazer engenharia reversa e poder fabricar a substância em grande quantidade. – Ele se inclinou para a frente e olhou primeiro para Jade, depois para Rich. – Então, onde ela está?

– Não sei – disse Jade.

– Mas nós vamos pensar nisso – acrescentou Rich depressa. – Ver se conseguimos imaginar onde papai pode tê-la escondido.

– Façam isso – disse Stabb. – Vocês têm bastante tempo até aterrissarmos... umas três horas.

– Três horas – repetiu Jade depois que Stabb saiu. – Isso são séculos.

– Que bom – disse Rich. – Porque esse é o tempo que temos para nos livrar dessas cordas. Eu tentei, mas ele me amarrou muito apertado. Você tem de comprimir os músculos agora e tentar soltar a mão. Ponha o polegar no meio da palma para que a mão fique menor.

Jade estava tentando.

– Onde você aprendeu "escapologia", hein?

– Li isso em um livro.

– Muito útil.

– Se você conseguir mesmo se livrar, vai ser, sim, muito útil.

– Por que eu? – sussurrou Jade.

– Porque ele não deve ter amarrado você tão apertado – disse Rich. E sorriu. – Porque você é menina, então ele não ia querer machucá-la.

– O mais provável é que meus músculos sejam mais bem treinados que os seus e meus pulsos sejam esbeltos – ela disse.

– Isso é o que você gostaria que fosse. – Rich se animou ao ver que Jade conseguiu dar um sorriso fraco diante de seu comentário.

– Sabe – disse Jade –, o colégio interno talvez não fosse tão ruim, afinal de contas.

Rich balançou a cabeça.

– Não pode ser muito pior do que a vida real – ele concordou.

Uma hora depois, Jade mal conseguia sentir as mãos, e os pulsos estavam em carne viva de tanto se esfregarem nas cordas. Os pulsos de Rich ainda estavam bem apertados, mas Jade parecia estar fazendo progresso: ela já estava conseguindo escorregar quase a metade de uma das mãos para fora do laço de corda.

– Você está indo bem – Rich disse a ela baixinho. – Vai conseguir.

– Obrigada – ela disse. – Aliás, foi legal o truque com o Range Rover.

– Eu só pensei em dar uma volta. Foi só isso.

– Eu não sabia que você sabia dirigir – disse Jade.

– Nem eu – disse Rich. Por um momento os gêmeos ficaram se encarando. Nenhum deles precisava dizer mais nada. Jade levou mais uma hora, mas acabou conseguindo soltar a mão.

– Muito bem – elogiou Rich. – Isso é ótimo. Solte suas pernas, depois você tenta me desamarrar.

– Vou desamarrar você primeiro – disse Jade.

Mas Rich sacudiu a cabeça:

– Não, estamos começando a descer, você não está vendo?

– E daí?

– Daí que não vai adiantar se tivermos só as mãos livres. Solte suas pernas e assim você pode correr se tiver chance. Depois me desamarre.

– Ok.

Jade começou a trabalhar nas pernas, abaixando-se e fingindo estar tombada para a frente dormindo, enquanto esticava as mãos para baixo para mexer nos nós dos tornozelos. Rich olhava pela janela, tentando captar o máximo de detalhes possível.

O avião estava saindo de uma nuvem baixa quando começou a descer. No solo havia um aeroporto. Parecia uma base militar, com prédios de alojamento baixos e soldados fazendo exercícios ao lado das pistas. O aeroporto era cercado com arame farpado e tinha um único portão de entrada, guardado por soldados.

Quando o piloto alinhou o avião com a pista, Rich notou uma grande limusine preta esperando na outra ponta, junto com vários caminhões e jipes com camuflagem verde, e um grande tanque, com o canhão apontado para a pista.

– Consegui! – sussurrou Jade, voltando a se sentar.

– Olhe – disse Rich, balançando a cabeça em direção à janela. Jade se inclinou para ver.

– Verifiquem se os cintos estão presos – ordenou Stabb, aparecendo no corredor ao lado deles. Stabb sentou do outro lado do corredor. – Uma exibição impressionante, você não acha? Uma senhora recepção.

– Sim – concordou Rich. Ele se sentia entorpecido. Talvez Jade tivesse conseguido se libertar, mas eles estavam prestes a pousar no meio de uma base militar. – Vishinsky deve ser um cara poderoso.

Stabb afivelou seu cinto de segurança. – O dinheiro pode comprar tudo – disse. – Até a ajuda das Forças Armadas locais. Bem-vindos ao Krejiquistão.

Rich olhou para Jade. Tentou sorrir, encorajá-la um pouco. Mas não conseguiu. – Sinto muito – balbuciou.

– Está tudo bem – ela murmurou de volta. Mas os dois sabiam que não estava.

Eles tinham dado a Chance um colchão fino que estava sobre o piso de concreto. O quarto era quadrado, pequeno, simples, com um balde em um canto. Nenhuma janela e só uma porta.

Ele já estivera em situações semelhantes. E toda vez se perguntava se conseguiria sair do quarto em que o tinham trancado. Chance sabia que sua sobrevivência dependia em grande parte de uma postura otimista: jamais desistir. Quanto mais alerta e animado estivesse, maiores seriam suas chances de aproveitar ao máximo alguma oportunidade de escapar.

E agora havia algo que, mais do que qualquer outra coisa, o fazia continuar.

Sozinho em uma cela no meio do Krejiquistão, Chance extraía coragem do fato de seus filhos estarem seguros em Londres, a milhares de quilômetros de distância.

20

O avião diminuiu a velocidade enquanto taxiava os últimos cem metros da pista até o comboio de veículos que o esperava. Pela janela, Jade viu uma escada móvel estacionada de um lado da pista bem em frente à limusine preta.

Fingindo inclinar-se para olhar pela janela, enquanto Stabb, Magda e os outros esperavam que o avião parasse, Jade tentou desamarrar as mãos de Rich. Mas os nós estavam muito apertados e seus dedos dormentes não faziam nenhum progresso.

– Deixe-me – sussurrou Rich.

– De jeito nenhum.

– Fuja enquanto pode. Pelo menos, com um de nós livre há alguma esperança. – Ele tentava parecer animado.

– Eu não posso deixar você! – insistiu Jade. Seu cabelo louro estava caído para a frente, escondendo a aflição.

– Pode, sim. E deve. Por favor, é a única esperança para nós dois. Quando o avião parar, não teremos mais nenhuma.

Jade estava boquiaberta.

— Você quer que eu saia antes que ele pare!
— Você vai ficar bem. Eu...
— Eu sei — ela o interrompeu —, você leu sobre isso em um livro ou em algum outro lugar. Ótimo. Obrigada. Você sabe que está louco, não sabe?
— Não sou eu quem tem de pular de um avião em movimento — observou Rich.

O avião estava reduzindo a velocidade. Era agora ou nunca. Jade respirou fundo, levantou-se num pulo e correu.

O avião ainda se deslocava. Stabb a viu e tentou desafivelar o cinto de segurança. Mais adiante no corredor, Magda também tentava se levantar. Mas Jade já estava na porta em frente à cabine.

Havia uma alavanca horizontal comprida na porta, com uma grande flecha vermelha pintada mostrando em que sentido virá-la em caso de emergência.

"Bom, se isso não for uma emergência, nada é", pensou Jade enquanto girava a alavanca.

Rich viu horrorizado quando Stabb sacou a arma. Jade ainda estava à porta. Stabb mirou, prestes a atirar nela.

Com as mãos e pernas amarradas juntas, Rich se pôs de pé, quase perdendo o equilíbrio. Conseguiu transformar a oscilação lateral do corpo em um salto, lançando-se com um impulso dos pés amarrados para o outro lado do corredor.

Ele colidiu com Stabb, jogando o sujeito esparramado sobre os bancos. A arma caiu da mão dele.

Com um chiado hidráulico, a porta se abriu. O chiado se tornou uma explosão de som: o vento açoitando o jato, que ainda seguia a trinta quilômetros por hora. Houve um surto de ar comprimido quando a esteira inflável saiu de baixo da porta. Sem esperar que ela acabasse de se encher, sem se perguntar se seu peso seria suficiente para fazer a esteira descer até o solo, Jade pulou.

Bateu na esteira e quicou, depois escorregou até a pista que passava depressa. Seus pés se enfiaram no plástico, ficaram presos, soltaram-se e, então, ela tropeçou.

Por sorte, estava rolando ao cair. Tentou alcançar a pista, que deslizava sob ela, e, tropeçando, caiu na grama do outro lado. Seus tornozelos estavam dormentes devido ao aperto das cordas e o pé reclamava no lugar que batera no chão. Suas pernas pareciam geleia. Mas ela estava de pé e correu o mais rápido que conseguia em direção ao prédio mais próximo: um hangar de armazenagem comprido e baixo.

Assim que o avião parou, Stabb empurrou Rich para fora. Sem poder usar plenamente as mãos ou as pernas, o jovem rolou e tropeçou pela esteira inflada, despencando dolorosamente na pista.

Magda veio bem atrás dele, depois Stabb, que imediatamente gritou para os soldados agrupados em volta dos veículos. Acenou para eles indicando um hangar vizinho, que Rich imaginou que era para onde Jade tinha corrido. Não havia nenhum sinal dela agora. Ele só esperava que a irmã tivesse conseguido escapar.

Um soldado pôs Rich de pé com um puxão e o empurrou para a limusine preta. Com os tornozelos amarrados, Rich logo caiu de novo, mas conseguiu estender as mãos para evitar se machucar na queda.

Magda se inclinou sobre ele, brandindo uma faca. Era uma arma de aparência maligna, com a lâmina serreada de um dos lados. Rich tentou se desviar quando a faca se aproximou de seu rosto. A mulher sorriu e abaixou a mão para cortar as cordas no tornozelo dele.

– Você pensou que eu fosse cortá-lo? – ela perguntou, achando engraçado. – Bom, talvez eu faça isso. Mais tarde. – Então cortou as cordas dos pulsos dele, levantou-se e caminhou para a limusine. – Tragam-no! – gritou para os soldados parados ao lado de Rich.

Ele foi enfiado na limusine. Magda estava sentada no meio do amplo banco de trás. Do outro lado dela havia um homem. Rich o reconheceu de imediato, das fotografias que ele e Jade tinham visto no *site* da KOS no cibercafé: Viktor Vishinsky.

Sem querer, Jade causou uma ilusão de óptica que desorientou os soldados. Ela só se deu conta disso quando viu os soldados correndo em direção ao hangar. Ela quase entrara no hangar. Mas na última hora lhe ocorreu que, se o fizesse, talvez não tivesse como escapar dali. Poderia ficar presa.

E seria exatamente isso o que aconteceria, a julgar pela satisfação e confiança dos soldados que entraram correndo no hangar atrás dela, ou pelo menos era o que os soldados achavam. Jade tinha passado correndo pelas portas, indo para a lateral do hangar. Mas qualquer pessoa que observasse de longe, imaginando que ela entraria, teria suposto que era isso o que ela tinha feito ao desaparecer de vista no mesmo nível da abertura escura do vão da porta.

Seu problema agora era o que fazer a seguir: não havia para onde ir. Havia muitos outros prédios na base aérea, mas ficavam todos muito longe. Ela seria localizada bem antes de chegar a algum deles. E não demoraria muito para que os soldados acabassem de vasculhar o hangar e concluíssem que ela dera um jeito de escapar, ou que nem entrara nele.

"Pense, pense...", Jade insistiu consigo. Tentou imaginar o que Rich faria. Ele provavelmente diria a ela para fazer algo estúpido, ou faria algum comentário que pareceria realmente útil, mas não ajudaria em nada. Do tipo: "Esconda-se no último lugar onde eles pensariam em procurar." Certo! Grande ajuda. Mas qual seria o último lugar que eles pensariam em procurar?

Jade analisou a lateral do hangar, procurando desesperadamente algum esconderijo. Então o viu, a menos de cinquenta metros. Com sorte ela poderia chegar lá sem ser vista. E, sim, certamente aquele era o último lugar onde alguém pensaria em procurar por ela.

O avião do qual ela acabara de fugir.

Ele ainda estava na pista, a esteira inflada pendendo de sua lateral. Havia uma grande porta do compartimento de carga aberta na parte de trás, formando uma rampa que descia até a pista. Se ela pudesse chegar até lá antes de os soldados saírem do hangar...

A limusine e outros veículos do comboio já estavam indo embora. O avião tinha virado um pouco desde quando chegara para permitir um descarregamento mais fácil. Mas agora os sacos e caixotes tinham sido retirados e o avião estava entre Jade e os veículos, o que evitaria que ela fosse vista. Se ela tivesse sorte...

Ela concluiu que não tinha escolha. Respirou fundo, certificou-se rapidamente de que o caminho estava desimpedido e de que não havia ninguém saindo do hangar e correu.

Estava sem fôlego, arfando, quando subiu a rampa para o compartimento de carga. Olhou em volta para ter certeza de que não havia mais ninguém ali. Mas o lugar parecia deserto. Estava atulhado, e ela teve de abaixar a cabeça enquanto caminhava para o espaço sombrio, desviando-se da rede que segurava a carga durante o voo.

Felizmente havia muito espaço para ela se esconder atrás dos caixotes e caixas que permaneciam no compartimento. Jade se ajoelhou nas sombras, atrás de uma enorme embalagem de madeira. Olhando para fora, teve uma boa visão da traseira do avião e do aeroporto. Pôde ver o hangar ao lado do qual se escondera. Não havia nenhum sinal de atividade, ninguém correndo atrás dela, gritando, apontando...

Jade deu um grande suspiro de alívio. E então uma mão apertou sua boca, puxando-a para trás na escuridão do compartimento de carga.

Observando os soldados pela janela da limusine, Rich esperava, embora achasse improvável, que Jade estivesse bem. Stabb estava de pé atrás do carro com um grupo de soldados uniformizados, gritando com eles.

– Sua irmã está causando algum problema para o senhor Stabb – disse Vishinsky a Rich. Ele parecia mais divertido do que irritado. Inclinou-se para a frente e falou com o motorista em russo, supôs Rich.

A limusine saiu lentamente, virando em um círculo amplo. Reduziu a velocidade ao se aproximar de Stabb, e Vishinsky abaixou o vidro de sua janela.

– Não perca tempo. Deixe isso com eles – disse. – Eles sabem o que estão fazendo. Para onde ela pode ter ido?

Stabb concordou e disse mais alguma coisa aos soldados. Mas a janela de Vishinsky estava subindo e o carro andava depressa agora; portanto, Rich não pôde ouvir o que Stabb dizia, mas viu que ele correu até um jipe e saltou para o banco do motorista. Agora dois jipes seguiam a limusine para uma estrada que levava ao portão de saída da base aérea.

– Você sabe o que é isto? – perguntou Vishinsky quando eles se aproximavam do portão. Ele estendeu a mão por cima de Magda e entregou a Rich um grande envelope marrom.

Rich o abriu com cuidado e viu que havia nele três fotografias grandes. Eram em preto e branco, granuladas e sem nitidez. À primeira vista ele não soube ao certo nem em que posição devia olhá-las.

– Pois é... infelizmente elas não estão muito boas – disse Vishinsky. – São ampliações de uma câmera de segurança.

Garantiram para mim que elas foram melhoradas o máximo possível. Até mais do que o possível, se acreditarmos em meus especialistas.

Ele estendeu a mão de novo e bateu em algo no meio da fotografia de cima.

– Isto... o que é?

Rich acabara de conseguir discernir que estava olhando para a fotografia ampliada de uma mão segurando algo, o objeto para o qual Vishinsky apontara. As outras fotos eram quase idênticas: a mão se deslocando apenas levemente de um quadro a outro.

– Não – disse Rich. – Não, sinto muito, eu não sei. – E sacudiu a cabeça. – É muito pequeno, a julgar pelo tamanho da mão. E há uma imagem no objeto, um padrão, ou esboço, alguma coisa do tipo. Não está muito claro. – Ele guardou as fotos no envelope e o devolveu a Vishinsky.

Então se virou para olhar pela janela. O campo parecia vazio e árido, com um pouco de grama brotando do solo seco. Ao longe havia morros que pareciam igualmente secos e cobertos de terra marrom. Ele tomara o cuidado de não deixar perceberem, mas a fotografia lhe era familiar, só que ele não se lembrava de onde vira o tal objeto antes. Talvez não fosse nada, concluiu. A forma do tal objeto era muito incomum, mas ele não conseguia deixar de pensar que a vira em algum lugar recentemente: um esboço simples de um coração.

Jade parou de lutar assim que viu quem era. Dex Halford tirou a mão da boca dela e pôs o dedo em seus próprios lábios, indicando que ela ficasse em silêncio. Juntos, eles se abaixaram atrás do caixote.

– Como você chegou aqui? – sussurrou Jade.

– Eu podia lhe perguntar a mesma coisa – disse Halford em voz baixa. – Não foi difícil adivinhar para onde eles estavam levando vocês quando Stabb mencionou um aeroporto próximo. Não há muitas possibilidades. É mais rápido chegar lá pelo matagal do que pela estrada, e seu irmão me deixou pelo menos um trator, já que o Range Rover terá de ser rebocado da piscina quando eu conseguir voltar para casa.

– Você viajou como clandestino? – Jade se deu conta. – Aqui?

Halford balançou a cabeça.

– Eu disse ao pessoal da tripulação que se preparasse para decolar, o que eu achava que eles logo iriam descobrir de qualquer maneira. Quando não estavam olhando, entrei sorrateiramente enquanto a porta estava aberta. E você?

Jade deu de ombros.

– Consegui me soltar e pulei. Depois saí correndo.

– É por isso que a aterrissagem foi turbulenta? – Halford sorriu. – Estou todo machucado.

– Eles ainda estão com Rich – disse Jade. – Eu não consegui soltá-lo a tempo.

– Está tudo bem – disse Halford, de repente sério. – Nós vamos resgatá-lo.

– E como vamos fazer isso?

Halford espiou em volta do caixote e então se pôs de pé meio desequilibrado, apoiando-se na bengala. – Vamos começar roubando um jipe – ele disse.

Embora alguns dos veículos militares tivessem deixado a base aérea atrás do carro de Vishinsky, ainda havia na pista, perto do avião, um par de jipes, um caminhão grande e o tanque. A maioria dos soldados tinha se mobilizado na busca por Jade e ainda estava no hangar a cinquenta metros de distância. Parecia possível chegar a um dos jipes, mas Jade não tinha certeza do que eles fariam depois. Conseguiriam pelo menos sair da base?

Halford não podia correr, só conseguia mancar depressa, jogando o peso sobre a bengala quando eles saíram do avião. Quase de imediato surgiram problemas.

Um soldado vinha dando a volta na lateral do avião, em direção ao comboio de veículos. Quase esbarrou em Jade e Halford quando eles saíram da rampa de carga.

A velocidade da reação de Halford surpreendeu Jade. Ela mal teve tempo de ver o braço dele se estender antes que o soldado caísse inconsciente no chão e seu rifle de alguma maneira ficasse na mão de Halford.

Mas um dos soldados ao lado do jipe mais próximo tinha visto ou ouvido alguma coisa e gritava para os outros, apontando. Então de repente ele mergulhou para se proteger, quando Halford acertou um tiro no chão perto de seus pés.

– Que pena – lamentou Halford –, mas talvez estivesse parecendo fácil demais.

Agora os soldados atiravam de volta, e Halford e Jade foram obrigados a se abaixar atrás do tanque para se proteger. Jade esperava que não houvesse ninguém dentro dele. A escotilha estava aberta, o que era um bom sinal. Ela não queria pensar no que podia acontecer se o canhão girasse para atirar neles ou se o enorme veículo blindado começasse a se deslocar. Quando Halford se virou para atirar, ela se encostou bem no metal frio. Ele voltou antes de outra saraivada de tiros atingir a blindagem perto deles.

– Não vou conseguir mantê-los lá por muito tempo – avisou Halford. – Talvez eu possa lhe dar cobertura para você chegar a um dos jipes.

– E depois? – Jade teve de gritar para ser ouvida acima do barulho dos tiros.

– Você vai dirigi-lo até aqui e me pegar. – Ele falava como se fosse muito fácil.

– Ah, certo – murmurou Jade, preparando-se para correr no meio de uma salva de balas. – Tomara que eles tenham deixado as chaves para nós.

Talvez esse não fosse o melhor momento para confessar que ela não tinha a menor ideia de como dirigir.

Mas no fim ela não precisou fazer isso. Um soldado apareceu do outro lado do avião, atrás deles, correndo direto para o tanque. Halford ainda não o vira e o soldado já estava erguendo a metralhadora.

Jade berrou. Mas seu grito se perdeu em meio ao estrépito do disparo da metralhadora. Balas ricochetearam no chão, desenhando uma linha perto de Halford. Ele se virou, apontou o rifle, mas foi tarde demais.

A linha de balas alcançou Halford, atingindo-lhe a perna, atravessando-a. Jade gritou quando a perna de Halford foi cortada no joelho, soltando-se completamente. Ele deu um grito de raiva e desabou.

21

Halford olhava com descrença para a ponta rasgada de sua calça, onde antes estava o joelho.

– Você arrancou minha perna! – ele gritou incrédulo.

Jade também olhava incrédula. Esperava que saísse sangue, que Halford estivesse inconsciente, talvez até morto. Mas não havia nenhum sinal de sangue, e o homem parecia sentir mais irritação do que dor.

O soldado que atirara em Halford também parecia confuso. Hesitou, depois ergueu de novo a metralhadora.

Mas Halford se recuperou primeiro e, do chão, disparou o rifle. O tiro atingiu o soldado no ombro, fazendo-o girar e se estatelar na pista.

– Só um ferimento superficial – Halford tranquilizou Jade.

– Ele arrancou sua perna! – ela disse.

– Eu estou falando dele; ele só teve um ferimento superficial. Eu posso me virar sem a perna – ele lhe garantiu, erguendo-se apoiado na bengala. – Deus sabe que eu já consegui me virar sem ela por muito tempo.

E só então Jade percebeu por que Halford usava bengala e mancava. – Você tem uma perna mecânica.

– Não tenho mais – ele disse, cutucando com a bengala a perna arrancada. – E com ela se vai nossa chance de chegar ao jipe. Agora há soldados demais lá. – Ele parou de falar quando o tanque tiniu com o som das balas na blindagem. – Eles logo vão perceber que estamos encurralados e vão correr para cá. Duvido que eu consiga sair pulando daqui, mas estou aberto a qualquer outra sugestão.

Jade só conseguiu pensar em uma possibilidade. Desesperada, e provavelmente estúpida e definitivamente perigosa, mas era tudo o que ela podia oferecer.

– Você sabe dirigir um tanque? – ela perguntou.

O sargento encarregado dos soldados no comboio sabia que os vencera. Stabb lhe dissera que ele podia matar a garota se precisasse, mas que provavelmente não seria necessário. Ela e o homem que tinha saído do compartimento de carga do avião estavam encurralados atrás do tanque. E os soldados que o sargento tinha chamado da busca no hangar conseguiriam dar a volta por trás deles. Não havia como escaparem. Ele sorriu confiante e deu ordem pelo rádio para os soldados se deslocarem.

Ele mal acabara de falar quando ouviu um grito do soldado a seu lado e uma sequência de tiros rápidos. O sargento olhou para cima a tempo de ver a escotilha no alto da torre do tanque se fechar. Ele praguejou. Podia levar um tempo para tirá-los de lá, mas eles ainda estavam presos, dentro do tanque. A situação podia ser pior.

Então os enormes e potentes motores do tanque se ligaram com um estrondo e a situação ficou pior. O tanque estava se deslocando. Devagar, primeiro pesadamente, mas ganhando velocidade, ele seguiu bem em direção ao sargento e seus homens. Eles atiravam; um enxame de balas ricocheteando no tanque sem nenhum efeito.

De repente os homens começaram a correr para fora do caminho do tanque e para longe dos jipes e do caminhão. O tanque entrou na lateral do caminhão, arrancando a cobertura de lona e esmagando o eixo traseiro. O caminhão cambaleou de lado e parou em uma posição desajeitada enquanto o tanque passava, indo em direção aos jipes que estavam atrás.

Um dos jipes foi empurrado para o lado com tanta violência que rolou e quicou na pista. O tanque seguiu direto para o outro, suas lagartas mordendo a lateral do jipe enquanto o tanque subia nele e o esmagava completamente.

O sargento gritava no rádio, alertando os soldados no portão e dando-lhes instruções, mas duvidava que alguém estivesse ouvindo. Ele já podia ver os guardas correndo da cabine ao lado do portão. Instantes depois, o tanque atravessou tudo: portão, guarita, cerca. Pranchas de madeira voavam. O vidro explodia em fragmentos. O arame farpado era esticado e rasgado. A terra seca voava das lagartas do tanque enquanto ele seguia além com estrondo pela estrada e pela terra vazia.

A estrada pelo descampado fazia uma grande curva da base aérea até a estrada principal e, quando a limusine chegou ao ponto mais externo da curva, Rich descobriu que pela janela lateral conseguia ver a base ao longe.

Ele estava olhando direto para ela quando o portão e a guarita ao lado dele explodiram em fragmentos e um grande tanque militar avançou. Ao seguir para a estrada principal, ele levantava uma trilha de poeira marrom, parecendo fumaça. Mas não usava via secundária cheia de curvas por onde a limusine e o jipe tinham vindo. Ia em linha reta, tendo de percorrer, portanto, uma distância muito menor.

Rich observou, prendendo a respiração e tentando imaginar se o tanque chegaria à estrada principal antes deles. Ele não sabia quem dirigia o tanque, mas tinha um bom palpite.

"É melhor que um Range Rover", murmurou para si. "Por que ela sempre consegue o melhor?" Ele ficou imaginando quanto tempo passaria até que mais alguém percebesse...

O motorista da limusine tirou um celular do bolso, ouviu por um momento, depois se virou para olhar pela janela, surpreso. O carro deu uma guinada quando ele viu o tanque avançando rapidamente para a estrada à frente do comboio. Vishinsky e Magda, alertados pelo solavanco, também olhavam pela janela, pasmos.

Rich não conseguia entender o que o motorista disse a Vishinsky, mas ficou contente de ver pela expressão do homem que a notícia não era boa. A limusine acelerou, tentando chegar antes do tanque à junção à frente.

Ia ser uma disputa apertada. Um dos dois jipes que acompanhavam a limusine tinha saído da via secundária e seguia impetuosamente em direção ao tanque. Os soldados no jipe eram jogados para um lado e para o outro enquanto ele corria sobre o chão irregular. O motorista ultrapassou o tanque e virou o jipe em direção a ele, avançando direto para o tanque. Os outros soldados faziam sinal para que o tanque parasse. Então, como ele não deu nenhum sinal de parar, eles dispararam os rifles.

O tanque nem diminuiu a velocidade. Dois dos soldados na traseira do jipe pularam fora, rolando pelo chão. Quando já parecia ter passado o último minuto, o motorista tentou desviar o jipe do caminho do tanque, mas estava muito atrasado. O motorista saltou depois do último de seus passageiros, e um segundo depois o tanque esmagou o jipe. O capô ficou amarrotado, arrastado embaixo das lagartas enquanto o tanque subia, depois descia com um estrondo e seguia seu caminho.

O motor da limusine roncou quando o motorista reduziu a marcha tentando acelerar mais. Mas ele tinha esperado demais. O tanque estava quase na junção onde a via secundária se ligava por uma rampa à estrada principal. Um dos eixos parou de rodar de repente, e o tanque derrapou, dando uma volta completa, e apontou direto para a limusine, bloqueando a entrada para a rampa.

O motorista da limusine deu um puxão no volante e pareceu que ia conseguir esterçar o carrão, se desviando do tanque e voltando à estrada. Rich levantou os pés e chutou com toda a força que tinha. As solas de seus sapatos bateram nas costas do banco do motorista, enviando ondas de choque pelas pernas de Rich. Ele sentiu no corpo o aperto do cinto de segurança.

Mas ele conseguiu o que queria. O motorista foi jogado para a frente em cima do volante e a limusine trombou com a frente do tanque. O capô se abriu e uma nuvem de vapor subiu de baixo dele. O motor da limusine morreu e só se ouviu o ronco dos motores do tanque. O motorista ficou caído para a frente.

Magda já estava procurando sua arma quando a porta de Rich foi aberta e ele quase caiu fora do carro.

– Jade!

– Não fique aí sentado, venha! – ela gritou, puxando-o para fora do carro.

A mão de Magda se ergueu, mas Rich, com um chute, fechou a porta atrás de si. Todo o seu corpo ficou machucado e arranhado, mas ele não estava a fim de levar um tiro. Ouviu o som da bala entrando na porta e Vishinsky gritando em russo. Então ele e Jade correram para o tanque.

Rich ficou atônito ao ver a parte superior do corpo de Halford saindo da escotilha. De onde ele tinha aparecido? O homem segurava uma metralhadora e estava atirando nos soldados e em Stabb no jipe que sobrara, mantendo-os presos lá. Ao ver Rich com Jade, ele deu um sorrisinho e mudou um pouco seu alvo.

O vapor subiu do radiador do jipe e seus pneus explodiram. Rich se deu conta de que, a exemplo da limusine, o jipe também não ia poder segui-los. Jade deu a volta até a traseira do tanque para que eles pudessem subir nele sem medo de ser atingidos pelos soldados no jipe inútil.

Eles se içaram para a torre, bem no momento em que a munição de Halford acabou. Sua arma soltou um clique inútil e ele praguejou.

– Depressa! – gritou para Jade e Rich. Eles estavam quase lá. Halford já entrava na torre do tanque quando uma bala o atingiu.

Rich viu a surpresa e a dor no rosto do homem quando ele desabou sobre o metal implacável da escotilha. Halford apertou o ombro, e o sangue vazou entre seus dedos. Então ele deslizou lentamente e desapareceu.

– Entre, entre! – gritou Jade, empurrando Rich pela escotilha atrás de Halford. Assim que ele entrou no espaço apertado, Jade fez o mesmo, fechando a escotilha.

– Precisamos andar – disse Halford com a voz entrecortada. Sua mão estava toda manchada de vermelho. – Jade, você sabe o que fazer?

– Acho que sei.

Mal havia espaço para eles se mexerem dentro da cabine do tanque. Rich não conseguia nem ficar de pé. Parecia que as balas caíam como uma tempestade de granizo sobre a carcaça do tanque.

Rich viu, pasmado, Jade pegar os controles.

– Você sabe dirigir um tanque?

Ela deu um sorrisinho nervoso:

– É bem fácil. Estas duas alavancas controlam as lagartas, uma para cada lado. Empurre para a frente para avançar ou puxe para trás para dar marcha a ré. Só uma de cada vez vai fazer ele manobrar. Não se preocupe, eu andei tendo umas aulas.

Ela hesitou, flexionando os dedos antes de pegar as duas alavancas.

– E como se faz para parar? – perguntou Rich.

Jade olhou para o irmão.

– Nós não chegamos a essa parte – ela respondeu e sorriu.

O homem não se chamava realmente Ralph, mas era esse o nome que Halford tinha gravado em seu celular. Como a visão de Halford estava turva, ele pediu a Rich que ligasse. Rich ligou e devolveu a ele o telefone.

Enquanto isso, Jade tinha tirado o tanque da estrada principal na primeira junção e estava procurando um lugar adequado para tentar parar. Algum lugar não muito evidente mas fácil de descrever para "Ralph". Por fim, ela entrou no pátio de um posto de gasolina abandonado. O toldo ainda estava lá, manchado e torto, mas não havia mais bombas, e o quiosque, que devia ter sido uma lojinha, estava fechado com tábuas. Havia um espaço nos fundos, atrás do quiosque e fora da vista da estrada.

Jade descreveu para Halford onde eles estavam e ele passou a informação em russo para "Ralph". Quando terminou de falar, ele parecia exausto.

– Se eu perder a consciência – disse, tentando se sentar –, esperem por Ralph. Ele não é o personagem mais agradável do mundo, mas me deve um favor. E vai ajudar.

– Quem é ele? – perguntou Rich. – O que ele faz? É do governo, da polícia, ou algo assim?

Halford forçou um sorriso.

– Não exatamente. Vamos dizer apenas que ele é um homem de negócios e isso basta, certo?

– Um homem de negócios? – disse Jade. – Que tipo de negócio?

– Bem, não exatamente o que se chamaria de um negócio legítimo – admitiu Halford.

– Você quer dizer que ele é um gângster? – supôs Rich.

Jade sacudiu a cabeça, sem acreditar.

– Maravilha. Exatamente o tipo de ajuda de que precisamos.

– Contra Vishinsky, é mesmo – disse-lhe Halford, que se recostou, respirando fundo, de olhos fechados.

– Obrigado por vir me pegar – disse Rich à irmã. – Eu sabia que você viria.

– Não conte tanto comigo – Jade o advertiu.

– Bom, eu não esperava que você viesse em um tanque.

Ralph chegou dentro de um grande Mercedes escuro. O carro entrou silenciosamente no pátio, os faróis cortando a escuridão da noite. A porta de trás se abriu e um homem saiu. Era baixo, mas troncudo, com sobrancelhas espessas, cabelo preto bem penteado, e usava um terno brilhante de riscas finas.

O motorista e dois outros homens seguiram Ralph de perto, até onde os dois garotos esperavam. Todos usavam terno de risca. Ajudaram a tirar Halford do tanque e o puseram com cuidado no banco de trás do carro.

– Vamos deixar o tanque de vocês aqui – disse Ralph. E deu um risinho mostrando um dente de ouro na frente.

– Na verdade não é nosso – protestou Rich.

Ralph deu de ombros:

– Por que você diz isso? Achado não é roubado. Ele agora é de vocês.

– Você vai cuidar de Halford? – perguntou Jade.

– Um médico vai examiná-lo no carro. Ele vai fazer o possível. Podemos levá-lo para um hospital, mas parece que foi um tiro desobstruído: a bala entrou e saiu. – Ele riu de novo. – Eu tenho alguma experiência com ferimentos à bala.

– Aposto que sim – disse Jade. – Então, qual é seu nome verdadeiro? Não é Ralph.

O homem fez uma careta:

– Ralph? Halford disse que meu nome é Ralph? – Ele deu uma risada. – Não é um nome ruim. É, até gosto... Ralph.

Ele estalou os dedos e um dos homens de terno de risca se aproximou. Ralph falou rapidamente com ele em russo e o homem lhe entregou um celular.

Ralph passou o telefone a Rich:

– Se você digitar 6, vai entrar em contato comigo imediatamente. Não se preocupe, o telefone não pode ser rastreado.

– Ele é roubado? – perguntou Rich.

— Adquirido. Nós vamos cuidar de Halford. Não se preocupe. Eu devo muito a ele. Quando ligou, ele disse que vocês vão salvar seu pai de Vishinsky.

— Isso mesmo — disse Jade.

Ralph assobiou.

— Eu não queria estar na pele de vocês. Ele também disse que seu pai é um homem que eu conheço como Harry.

— Ele levantou as mãos antes que Rich ou Jade pudessem responder. — Não preciso nem quero saber o nome verdadeiro dele. Isso não ajudaria nenhum de nós, assim como meu nome verdadeiro não vai ajudar vocês. Só sei que Halford é um nome verdadeiro por acidente. Mas devo a Harry tanto quanto devo a Halford. Não posso agir diretamente contra Vishinsky, vocês devem entender.

— Por que não? — quis saber Rich.

— Política. Economia. Motivos entediantes. Mas no momento o Estado não está sendo muito duro conosco, então temos um entendimento. Funciona bem para nós e para eles também. Mas se me virem me opondo a Vishinsky, isso pode mudar. Se os criminosos que administram nosso país, nossa polícia e nossas Forças Armadas tiverem de decidir de quem precisam mais, quer dizer, eu ou Vishinsky... — ele abriu as mãos — ... eu não apostaria em mim como favorito.

— Então você vai simplesmente nos abandonar aqui, é isso? — perguntou Jade.

— Eu não poderia fazer isso. Eu disse que não posso ser visto ajudando, mas vou fazer o que for possível.

– Que é o quê? – quis saber Rich.

– Logo vai chegar outro carro aqui. O motorista vai trazer algumas coisas para vocês que o senhor Halford me sugeriu que poderiam ser úteis, e o carro vai levá-los até a principal estação de bombeamento da KOS. É a base de operações de Vishinsky, embora ele tenha um castelo na encosta das montanhas ao norte. Mas é na estação de bombeamento que o seu pai está preso.

– Como você sabe? – perguntou Rich.

– Porque Vishinsky suborna os soldados para o manterem lá e ficarem em silêncio. Eu suborno os soldados de novo para me contarem tudo o que ele quer que eles mantenham em segredo. Provavelmente ele os suborna uma terceira vez para lhe contarem o que me contaram, mas eu realmente não posso suborná-los uma quarta vez para descobrir.

– E você tem certeza de que o papai está lá? – disse Jade.

– Ele foi levado para lá. Quase escapou, o que divertiu o soldado que me contou. Não foi tirado de lá, e eu perguntei onde ele está sendo mantido. É uma instalação grande. Se tivermos novidades, o motorista vai dizer a vocês quando chegar. Não vai demorar muito. Eu pensei em subornar soldados para trazerem seu pai para mim, mas tenho medo de isso não adiantar, e Vishinsky não ficaria nada contente. Mas por tudo o que tenho ouvido, seu pai é muito importante para Vishinsky.

– É o que ele tem que é importante – disse Rich.

– Ou melhor, o que ele escondeu – acrescentou Jade.

– Ah? – Os olhos de Ralph brilhavam de curiosidade. Mas antes que um deles pudesse responder, ele riu. – É melhor vocês também não me contarem isso. Melhor eu não saber.

O sorriso desapareceu.

– Melhor vocês se habituarem a não confiar em ninguém, por mais amistoso que possa parecer. Vocês tiveram sorte de encontrar Halford. Ele é de uma estirpe rara. Mas neste mundo em que vocês caíram, neste mundo sombrio e perigoso, ninguém é o que parece ser e ninguém tem interesse em nada além de si mesmo.

– Até você? – perguntou Rich.

Ralph sorriu de novo:

– Especialmente eu. Já faz muito tempo que estou neste negócio e sabem o que aprendi?

– O quê? – se apressou Jade.

– Sobrevivência; é só isso o que importa. O dinheiro é fácil. E barato. O dinheiro não tem importância. – Ele bateu no ombro de Jade. – Cuidem-se. Vocês dois. – Estendeu a mão e apertou a de Rich. – Agora preciso deixá-los.

– Podemos ver Halford? – perguntou Jade. – Antes de vocês irem?

Halford estava consciente, mas obviamente atordoado por causa de uma injeção que lhe fora aplicada para aliviar a dor. Estava deitado no banco de trás, com uma atadura no ombro, já encharcada de sangue.

– Vamos levá-lo para um hospital. Lá eles fazem um bom trabalho – o médico lhes garantiu. – Ele vai ficar bem. Ele é duro na queda.

– Deixem-me – sussurrou Halford. – Obrigado, mas me deixem. Vou ficar muito bem com Ralph e vou ligar para Ardman. Vishinsky não vai mais me procurar. Encontrem seu pai.

– Você é adulto – disse Jade. – Devia nos dizer para não sermos estúpidos, não fazer isso sozinhos, não fazer nada perigoso, e sim esperar pela ajuda adequada e pelos profissionais.

– E vocês iam me escutar? – perguntou Halford.

– Claro que não – respondeu Rich.

– Não achei que fossem; nenhum de vocês – disse Halford. Sua voz estava enrolada. – Vou ficar bem – ele disse devagar e muito baixinho. – Conheço bem o seu pai. – A porta fechou e o carro virou em direção à estrada.

– Ele vai ficar bem – disse Rich a Jade. Esperava que falar ajudasse a tornar isso realidade.

– Eu sei – ela disse. – E nós temos de encontrar o papai.

Outro carro estava entrando no pátio. Parou embaixo do toldo torto e piscou as luzes para eles.

– Então vamos encontrar o papai – decidiu Rich, caminhando com Jade até o carro. – Pelo menos temos o elemento-surpresa a nosso favor. Eles podem estar procurando por nós, mas não imaginam que nós vamos atrás deles.

– Nós vamos encontrá-los – prometeu Stabb. – Acho que acertei o tal de Halford.

– É quase impossível eles esconderem um tanque – concordou Magda. – Não vai demorar muito.

– Nem se preocupem – disse Vishinsky. – Não percam seu tempo.

Os três estavam sentados no banco de trás de uma limusine reserva, seguindo na noite para a instalação principal da KOS. A primeira limusine ficara inutilizada, e eles tinham deixado o motorista ainda inconsciente sobre o volante. O jipe de Stabb tivera de ser rebocado para receber motor e pneus novos.

– O que você quer dizer? – perguntou Magda.

– Eles acham que são muito espertos – disse Vishinsky. – Mas nós temos algo que eles querem desesperadamente.

– Chance – disse Stabb, achando graça. – Eles vão tentar encontrar Chance.

– E eu me certifiquei de que seja bem divulgado onde o estamos mantendo. Eles virão para a instalação principal – concordou Vishinsky. – E quando fizerem isso, estaremos esperando por eles.

22

No caminho pela cidade, eles examinaram o que havia na mochila e na mala que o motorista trouxera. Ralph também lhes dera grandes casacos acolchoados que eles vestiram para se proteger do frio crescente da noite.

Parte do conteúdo das mochilas era obviamente útil: alicates para cortar arame e um mapa das instalações da KOS, com marcação de onde estavam as câmeras de segurança e uma grande flecha vermelha apontando para um prédio pequeno no meio, onde Chance era mantido.

Outros itens das mochilas até que poderiam servir para alguma coisa, mas Rich e Jade concordaram que não os pegariam, inclusive as pistolas. E havia, ainda, itens que eles não tinham ideia do que eram, como latas de metal com alavancas presas por pinos. Podiam ser granadas ou bebidas efervescentes, não dava para eles saberem, mas Rich e Jade não tentaram abri-las para descobrir. Havia também uma caixa-preta com um interruptor ao lado de um pequeno visor liso. Rich tomou o cuidado de não tocar no interruptor. A caixa, e tudo o mais que ele não tinha certeza do que era, Rich enfiou de volta na mochila.

– O papai provavelmente vai saber o que fazer com isso – ele disse.

– Você também vai levar uma arma para ele?

Rich pensou um pouco.

– Melhor não.

– Muito bem. – Ela examinou bem a mochilinha que tinha conseguido manter consigo e tirou dela um maço de cigarros. – O celular dele se foi, mas ainda tenho isso.

Rich pegou o maço de cigarros e abriu. Havia seis cigarros e o isqueiro de Chance. Ele o fechou e devolveu a Jade.

– Foi você quem pegou, então você é quem deve devolver.

– Ok.

Ao que parecia, o motorista não falava inglês. Ele os deixou ao lado de uma via secundária estreita, aparentemente no meio do nada. Mas ao longe eles podiam ver as imensas instalações da KOS delineadas em preto contra o cinza-escuro do céu noturno.

Antes de deixá-los, o motorista pegou de Rich o mapa, abriu-o sobre o capô do carro e bateu com um dedo em um ponto na borda da instalação.

– Lugar bom para entrar? – disse Rich. – Obrigado.

O motorista indicou outro ponto no perímetro. Encolheu exageradamente os ombros. Evidentemente, cada um dos lugares era tão bom, ou ruim, quanto o outro.

– Então, para onde vamos agora? – perguntou Jade. E apontou para o chão. – Aqui, onde? – Então apontou para a borda do mapa, fora das instalações, e imitou o movimento exagerado dos ombros que o motorista fizera.

Ele balançou a cabeça para mostrar que entendia e indicou um ponto sobre uma estrada estreita que levava até depois da parte de trás do complexo.

Jade olhou.

– Mas isso fica a quilômetros daqui.

– Eu pensei que você gostasse de atividade física – disse Rich. – E de alguma forma a noite está ótima para uma caminhada.

Pareceu-lhes uma eternidade atravessar a paisagem árida e ondulada até as instalações da KOS. Quando se aproximaram, ouviram estrépitos e chiados e viram a chama do petróleo queimando. Fogo e fumaça saíam de vários pontos da instalação. E eles sentiram o gosto do combustível no ar, acre e oleoso.

– Você sabe que nunca vamos conseguir passar por aquelas câmeras – disse Rich. – Não sem que haja alguma distração muito grande.

– Eu sei – disse Jade. – E estive pensando nisso.

– Você tem um plano?

– Uma ideia. Você vai me ajudar a torná-la um plano.

Rich ouviu. Gostou da ideia, mas não do que ela significava para Jade. Eles passaram o resto do caminho até a instalação conversando sobre como fazê-la funcionar.

Duas figuras se aproximaram da cerca, silhuetas pretas contra o cinza dos prédios e o reflexo das luzes de segurança nas poças de água. As duas tinham a mesma altura e vestiam os casacões que o motorista lhes dera. Mesmo no clarão das luzes de segurança, ao chegarem à cerca, quase não era possível distingui-las, com suas feições semelhantes e expressões idênticas: inflexíveis e determinadas. Só o cabelo mais longo de uma delas, caindo abaixo dos ombros, diferenciava Jade do irmão.

– Boa sorte – disse Rich baixinho.
– Para você também.
Jade deu um abraço apertado no irmão.
– Tudo bem, eu vou primeiro com os cortadores de arame – ela disse. – Depois vou lhe dar dez minutos. É suficiente?
Rich balançou a cabeça:
– Até breve.

Vishinsky bebia vodca na sala da diretoria, bem no centro da seção administrativa das instalações da KOS. Estava sentado na cabeceira de uma grande mesa antiga de madeira envernizada que dominava a sala. Sozinho. Em uma das paredes da sala havia armários e arquivos. Acima destes, uma bandeja com decantadores e copos. Vishinsky se levantou para completar seu copo. Aspirou com aprovação as últimas gotas no copo antes de servir outra dose.

Quando ele ia se sentar, Stabb entrou.
– Temos visitantes – disse Stabb sorrindo.
– Espero que você tenha desenrolado o tapete vermelho – disse Vishinsky.

Stabb pegou um controle remoto da mesa e apertou alguns botões. Um painel de madeira se abriu no fim da sala, em frente a Vishinsky.

– Pensei que íamos deixá-los avançar um pouco mais. Não apenas para deixá-los esperançosos, mas para que não houvesse realmente nenhuma chance de fuga.

Atrás do painel de madeira havia uma tela grande, que se acendeu quando Stabb apertou outro botão.

– Eu mandei instalar câmeras de segurança em todos os lugares – ele disse. – Magda está observando tudo da central de segurança e mandando as imagens relevantes para cá.

A imagem granulada em preto e branco na tela era bastante clara. Mostrava um grande contêiner de armazenamento. Ao lado dele, algo se mexeu e a câmera fez um *zoom* para mostrar uma figura. Quando ela se virou, ficou claro que era Jade, seu cabelo louro destacado na imagem monocromática, caindo sobre os ombros. Ela parecia estar falando com alguém fora do campo de visão, atrás do tanque. Então, de repente, começou a correr em volta do tanque.

A câmera tentou acompanhá-la, depois a deixou ir, voltando à posição original.

– Queremos ter certeza de que vamos pegar os dois – disse Stabb.

E, de fato, um pouco depois outra figura apareceu onde a garota tinha estado. Estava vestida com um casaco idêntico, mas com o capuz puxado, de forma que o rosto estava na sombra. A figura tinha o mesmo tamanho e a mesma forma da outra, mas no momento em que o rosto ficou visível dentro do capuz, Stabb e Vishinsky viram que o cabelo tinha sumido do rosto, era aparentemente mais curto.

– O garoto também – disse Vishinsky. Então tomou um último gole de vodca e bateu o copo com força na mesa. – Muito bem. Já temos os dois. Não se arrisque, senhor Stabb. Esses dois já me causaram problemas suficientes. Sabemos onde eles estão agora; use quantos guardas quiser de onde eles não sejam mais necessários.

Stabb assentiu.

– Vou mandar Magda pegá-los.

Na tela atrás de Stabb, a imagem mudou para outra câmera. Ela mostrava Jade correndo por um espaço aberto. Então mudou de novo, mostrando outro ponto, logo à frente do anterior. A figura com capuz apareceu, passando com cuidado por um oleoduto.

– Eles não têm a menor ideia, não é? – perguntou Stabb. – Nem se dão conta de que há câmeras. De que estão estrelando um filme.

– Não um filme que eu tenha visto – disse Vishinsky. Ele rolou o copo na mão, deixando as últimas gotas do líquido claro e viscoso correrem pelas paredes do copo. – Mas posso imaginar exatamente como termina.

Chance estava deitado no colchão, olhando para a única lâmpada no teto, quando ouviu passos apressados e vozes dando ordens aos berros. Um pouco depois tudo ficou em silêncio. Estava acontecendo algo... Mas, independentemente do que fosse, era improvável que tivesse algo a ver com ele, pensou Chance.

Ele mudou de ideia quando ouviu o arranhar da chave virando na fechadura. Essa podia ser sua última oportunidade, pensou, já que muitos deviam estar ocupados. Se conseguisse escapar de onde estava preso, o almoxarifado, então talvez...

Chance estava de pé do outro lado do quartinho, espremendo-se contra a parede atrás da porta quando ela começou a abrir. Deixou que ela abrisse o suficiente para que quem estivesse ali visse o colchão vazio. Quem estava à porta ficou imóvel, e Chance abriu a porta completamente, lançando-se contra a figura que estava sozinha no vão da porta.

Derrubou a figura, caiu sobre ela com uma perna de cada lado, ergueu o punho e se preparou para dar um soco.

– Pai! – gritou a figura embaixo dele. Era Rich.

– Mas o que diabo você está fazendo aqui? – Chance perguntou atônito.

– Salvando você. Desculpe.

Os dois se levantaram. Rich esfregava as costelas no lugar onde Chance caíra sobre ele.

– Não. Eu é que peço desculpa – disse Chance. – Você está bem?

– Só sem fôlego – Rich o tranquilizou. – Havia um guarda, mas ele acaba de sair com os outros. Precisamos nos apressar. Cuidado com aquelas câmeras – ele avisou. – Eu tenho um mapa com todas elas. E também um monte de outros itens úteis. Pelo menos, espero que sejam.

– Grande garoto. Espero que você me diga que sua irmã teve o bom-senso de ficar longe disso – disse Chance. Rich deu de ombros. – Então, para onde foram os guardas? Você providenciou uma distração?

– Sim – disse Rich seguindo Chance por uma passagem estreita entre dois prédios de concreto baixos. – Só que tem um probleminha.

– Que probleminha? – Chance verificou a área no fim da passagem e então os dois a atravessaram correndo.

– A distração é Jade – disse Rich.

Stabb se reuniu a Magda ao lado de um enorme oleoduto. Outros canos se juntavam a ele, em um complexo arranjo de válvulas e torneiras.

– Eles estão prestes a aparecer por ali – disse Magda, apontando para o espaço vazio entre um enorme tanque de armazenagem circular e uma série de canos que subiam formando uma espécie de parede. O espaço vazio dava para uma área aberta entre outros tanques de armazenagem, e os guardas já estavam posicionados com armas apontadas, preparados para quando os intrusos aparecessem.

– Vejo que vocês estão prontos para eles – disse Stabb.

Magda falou baixinho em seu rádio, afastando da orelha o longo cabelo:

– Acabo de mandar guardas para a outra extremidade da passagem, para que eles não tenham como dar a volta, nem como recuar ou fugir. Não há realmente nenhuma saída.

– Muito bem. A esta altura não precisamos de nenhuma surpresa desagradável.

Magda escutava o rádio.

– Acho que nossos hóspedes estão quase chegando – ela disse.

E de fato uma figura estava surgindo, cuidadosa, do espaço vazio entre o tanque e os canos. Seu rosto estava escondido embaixo do capuz levantado do casacão, mas ela obviamente viu os guardas que a esperavam, se virou e correu.

Um momento depois, a figura estava de volta, correndo do espaço vazio para a área aberta. Então derrapou e parou, levantando as mãos.

Atrás da figura, meia dúzia de guardas armados surgiu do espaço vazio.

Magda riu.

– Como um rato na ratoeira.

Stabb também riu. Mas parou de rir de repente.

– Onde está a outra? – ele exigiu. – Onde está sua irmã?

– Eles já devem tê-la apanhado – disse Magda. Ela seguiu na frente até o lugar onde os guardas ainda apontavam as armas para a figura encapuzada. No caminho, falou de novo no rádio, com um tom de urgência e irritação.

– Isso é impossível – disse a Stabb. – Ela estava lá. O segurança alega tê-la visto claramente. Mas agora... ela sumiu.

Stabb apressou o passo e puxou o capuz.

E o cabelo louro de Jade se soltou, caindo sobre seus ombros:

– Bem aqui – ela disse. – Vocês pensaram que havia alguém comigo?

Em uma passagem de metal muito acima, esticados entre tanques de armazenagem, John e Rich Chance observavam a cena lá embaixo. Viram os guardas com as armas apontadas e Magda e Stabb gritando com Jade.

– Eu imagino como eles estão se sentindo – disse Chance.

– Não podemos abandoná-la – falou Rich.

– Claro que não. Vamos para casa. Todos nós. Juntos. – Chance pegou a mochila de Rich e enfiou a mão nela. – Só precisamos escolher algumas coisas primeiro.

23

– Era só você – Magda se deu conta.
Apesar da situação desesperadora, Jade estava rindo. Sua ideia funcionara perfeitamente:
– Vocês nunca nos viram juntos, não é? – Ela enfiou as mãos nos bolsos do casaco. – Agora vocês nunca vão encontrar Rich.
– Sua cadelinha! – grasnou Magda. E girou o braço, dando um tapa no rosto de Jade.
Doeu demais, mas Jade manteve a atitude de desafio. Estava determinada a enfrentar a mulher:
– É você quem bate como uma menina – disse.
No bolso do casaco ela encontrara algo, algo que esquecera que tinha. Conseguiu abrir o maço de cigarros e tatear dentro dele.
Magda esticou o braço para trás para dar outro golpe. Quando se mexeu, seu longo cabelo preto rodopiou em volta da cabeça.
E Jade tirou o isqueiro do bolso e abriu a tampa enquanto estendia o braço.

O riscar da pedra. O espoucar da combustão. A pequena centelha de uma chama. Jade posicionou o isqueiro no turbilhão do longo cabelo de Magda. E, de repente, a pequena chama era uma massa de fogo.

Magda berrou. Pasmo, Stabb assistia a tudo boquiaberto. Os guardas estavam paralisados em um semicírculo, de olhos fixos nas chamas que tomavam o cabelo de Magda e desciam por suas costas. Ela berrava, agarrando a cabeça, sacudindo-a para um lado e para o outro. Então caiu no chão, rolando desesperadamente enquanto suas roupas também pegavam fogo.

Stabb apontou uma arma para Jade. Ela olhou para o buraco preto do cano. Ele agarrou a mão com a qual ela segurava o isqueiro e ficou olhando para o pequeno objeto prateado agarrado entre os dedos de Jade. E viu o esboço gravado de um coração, que cintilava à luz bruxuleante das chamas atrás deles.

– Eu já vi isso – ele disse. Apesar da situação, ele parecia exultante, embora Jade não tivesse a menor ideia do motivo. Stabb arrancou o isqueiro da mão dela.

Bem no alto, acima dela, Jade teve um vislumbre de movimento – algo caindo em direção a eles. Viu as duas figuras na ponte de metal entre os tanques de combustível e instintivamente percebeu que deveria desviar o olhar da forma que caía.

Aparentemente, percebendo que a menina vira algo, Stabb olhou em volta, bem no momento em que a granada explodiu. Era mais luz e som do que poder destrutivo, mas tirou a visão de Stabb e dispersou os guardas.

Jade correu. Esperava que Rich e seu pai pudessem ver para onde estava indo no meio da fumaça e a encontrassem, mas não teve tempo para olhar para trás enquanto a fumaça se afastava do ponto de impacto. Disparou pelo caminho por onde viera, entre os tanques e os canos.

Através da fumaça, Rich viu dois guardas correndo para ajudar Magda. Eles usavam os casacos para apagar as chamas e abafar o fogo.

Jade corria, mas Stabb estava lá parado, olhando para o isqueiro que tomara dela.

– Para que ela fez isso? – perguntou Chance. Parecia irritado e confuso.

– Venha – disse Rich. – Vamos ajudá-la. – Ele conseguiu se lembrar de onde ficava a passagem em que eles estavam no mapa da instalação. Devia haver uma descida logo à frente, no próximo tanque de armazenagem. Então eles estariam na mesma área e poderiam encontrar Jade.

Chance pôs a mochila no ombro e correu com Rich.

– Nós vamos lhe dar outro isqueiro – disse Rich sem fôlego enquanto eles corriam.

– A questão não é essa – disse Chance. Ele empurrou Rich para o lado e desceu primeiro uma escada de metal ao lado do tanque, que levava ao chão perto de onde Jade tinha fugido.

– Então qual é a questão? – perguntou Rich. – Nós viemos de muito longe para salvar você, não para levar bronca.

– E eu vim de muito longe para impedir Vishinsky de obter uma amostra de combustível de que ele precisa; uma amostra que tirei dele e escondi.

Ele chegou à base da escada e recuou para que Rich pudesse descer.

– Nós todos sabemos disso – disse Rich. – As pessoas nos pedem o tempo todo que contemos onde ela está escondida, embora eu não saiba por que ela é tão importante. Mas ainda não consigo entender como... – Rich ficou paralisado antes de pôr o pé no chão. – Seu isqueiro – ele se deu conta. – A amostra de combustível estava em seu isqueiro.

– É isso mesmo. A amostra de combustível misturada com o fluido do isqueiro funciona normalmente, então ninguém jamais saberia. Só que agora Stabb está com ele. E, graças a Jade, ele sabe que funciona.

Rich pegou o mapa e eles o examinaram juntos.

– Jade estava correndo por esse caminho. – Rich traçou depressa a rota que a irmã seguira. – Nós devíamos conseguir encontrá-la aqui, supondo que ela esteja seguindo para o lugar de onde veio. – Ele apontou para o lugar onde Jade tinha cortado o arame antes de Rich pegar dela os alicates e ir para seu ponto de entrada. – Vamos ter de tomar cuidado para evitar as câmeras.

– Não se preocupe – disse o pai batendo na mochila. – Aqui tem uma caixinha de truques que eu liguei. Ela apaga as câmeras quando estamos a certo alcance. Eu estabeleci o alcance, portanto elas estão todas apagadas. Aliás, onde você conseguiu isso?

Eles corriam entre fileiras de enormes canos de metal.

– Um amigo seu – disse Rich. – Não sei o verdadeiro nome dele, e ele pensa que você se chama Harry.

Jade ouviu o som de pisadas de bota atrás dela. Ela já estava perto do buraco que abrira na cerca. Com sorte, Rich teria percebido para onde ela estava indo e viria ajudar. E o pai... ele tinha resgatado o pai. Ela os vira juntos na ponte de metal.

Ela dobrou uma esquina e se viu correndo entre duas construções de concreto baixas. Atrás dela, ouviu os guardas ganhando terreno. Olhou para trás e viu os homens uniformizados dobrarem a esquina e partirem atrás dela. Na outra extremidade dos prédios à frente, apareceram duas figuras. Jade diminuiu a marcha, depois percebeu quem era. Então disparou o mais rápido que conseguia em direção a Rich e ao pai.

Nesse momento, uma grade de metal saiu deslizando da lateral de um dos prédios à frente. Outra grade deslizava do outro lado da passagem para se juntar à primeira.

Jade correu a toda velocidade, mas as grades se encontraram e ela trombou dolorosamente na grade. Era muito cerrada para ela conseguir agarrá-la ou subir por ela.

– Jade! – gritou Chance ao derrapar e parar diante das barreiras. Ele tentou separar as portas de metal, mas estavam firmemente fechadas.

– O isqueiro – disse Rich. – Você tem de pegá-lo de volta. É a amostra de combustível de que eles precisam, Jade!

Ela estava exausta e assombrada demais para responder. O primeiro guarda chegou e agarrou um dos ombros de Jade. Ela se sacudiu para se soltar e olhou para o homem que ria. Atrás dele, Stabb caminhava lentamente pela passagem em direção a ela, e, com ele, vinha Viktor Vishinsky. Ele segurava o isqueiro que Stabb arrancara da mão dela alguns minutos antes. O isqueiro que parecia tão sem importância...

– O esconderijo perfeito – disse Vishinsky. Ergueu a voz para que ela chegasse ao outro lado dos portões gradeados. – Eu lhe dou os parabéns, senhor Chance, foi uma boa escolha. E ainda funciona como isqueiro. Quem imaginaria?

Vishinsky entregou o isqueiro a um dos guardas e deu uma ordem a ele em russo. O guarda balançou a cabeça e correu de volta pela passagem.

– Ela vai ser analisada e depois poderemos fazer a quantidade de que precisarmos da fórmula. Muito obrigado.

– Para quê? – perguntou Jade.

– É combustível que foi tratado com uma substância especial que Vishinsky agora pode duplicar – disse Chance.

– Você quer dizer um tipo de supercombustível? – imaginou Rich.

Vishinsky sorriu. Olhou através da grade para Rich e o pai.

– Não exatamente – ele disse. – A amostra contida naquele isqueiro é um antídoto, algo para reverter outro processo que estou desenvolvendo. Sabe, meus cientistas desenvolveram uma substância que age como um vírus, atacando o petróleo e inutilizando qualquer combustível à base de petróleo.

– Por que você quer fazer um combustível que não funciona? – perguntou Jade.

– Pense nos estragos que isso vai causar quando o combustível infectado for introduzido no fornecimento de combustível. Carros e caminhões vão parar, talvez no meio de uma estrada. Aviões vão cair. O sistema de transporte vai simplesmente entrar em colapso. Ninguém vai ousar usar nenhum combustível que possa estar contaminado, não com a própria vida em jogo. Quando eu introduzo o vírus em uma linha de combustível, ele se espalha rapidamente. Só desta estação de bombeamento eu poderia infectar grande parte do combustível da Europa.

– E o antídoto que está no isqueiro reverte o processo, certo? – disse Rich através da grade. – Faz ele queimar direito de novo, como combustível normal.

– Precisamente – respondeu Vishinsky. – É esse antídoto que pode tratar o combustível contaminado, inútil, e fazê-lo funcionar de novo, ou imunizar o combustível não contaminado contra a infecção...

– ... valerá uma fortuna – interrompeu Rich. – Quando você infectar todos os suprimentos de petróleo que passam por aqui, ninguém vai saber qual combustível é seguro usar e qual foi infectado. E então você pode ganhar uma fortuna fornecendo petróleo com garantia de segurança que você tratou com esse anticorpo.

Vishinsky se virou para Chance:

– Realmente eu devo lhe dar os parabéns por seus filhos, senhor Chance. Ou seria para sua falecida esposa?

Jade investiu contra Vishinsky, mas um guarda a conteve.

– E quanto a todos os inocentes que você matará com seu combustível contaminado? – perguntou Chance. – Os carros que vão parar, os aviões que vão cair?

– É preciso criar demanda – disse Vishinsky, sorrindo. – É assim que se sobrevive nos negócios e se prospera. O Krejiquistão passou tempo demais sendo apenas uma ligação de um oleoduto, uma estação no caminho para algum outro lugar, mas com esse antídoto temos uma chance de nos tornarmos algo importante, de sermos mais que apenas uma esquisitice geográfica sortuda. Toda a nossa história foi definida pelo lugar onde estamos, não por quem ou o que somos. Os mongóis passaram direto pelo Krejiquistão, nem sequer pensaram que valia a pena nos invadir. Ao menos sob os sovietes, sob o comunismo, tínhamos alguma importância. O trabalho intenso podia ser visto por si só como um propósito e uma meta. Mas agora?

– Você ganha dinheiro – disse Jade. – Os russos pagam pelo uso de seus oleodutos.

Ele soltou um bufo de escárnio.

– Cavalos ou oleodutos, todos eles correm e nunca se preocupam para onde estão indo, em quem estão pisando. Eles nos veem como uma inconveniência, nada além disso.

Uma despesa. A menos que provemos que eles estão errados, nos tornaremos tão fracos quanto aqueles tolos do Kremlin se tornaram, tão decadentes, moles e complacentes quanto o Ocidente. Agora é o momento de defendermos os nossos interesses, de realizarmos o que podemos. Esperem. Logo todos ouvirão falar do Krejiquistão.

Ele bateu palmas como se estivesse encerrando uma reunião.

– E agora só resta liberar minha infecção nos oleodutos. Quando eu estiver bem longe daqui, naturalmente. Só para o caso de haver alguma repercussão. Embora eu não espere nenhuma.

– Você não acha que as pessoas vão notar que o combustível contaminado veio de sua estação de bombeamento? – disse Chance. – E que tudo começou a aparecer ao mesmo tempo?

– Não, acho que não. Veja bem, eu tenho um sistema montado todo pronto para injetar minha fórmula nos oleodutos em um único ponto central, mas não vou injetar a substância bruta. Isso, como você observou, seria óbvio demais. Ah, não, nós vamos introduzir cápsulas de propagação gradual que liberam a infecção ao se dissolverem. Cada uma com prazo de liberação diferente. Vai parecer realmente aleatório, pode acreditar.

– E onde você vai estar? – perguntou Rich.

– Em meu castelo na encosta das montanhas, bem longe daqui. – Vishinsky estendeu o braço e passou as costas da mão na bochecha de Jade. Ela recuou e ele sorriu. – Com sua encantadora filha.

– O que o faz pensar que eu vou permitir isso? – perguntou Chance.

Vishinsky riu.

– Eu estava me esquecendo. Como você poderia? Quando você já estiver morto. – Ele se virou para Stabb. – Dê a ordem.

– O que você vai fazer? – gritou Jade. – Pare, você já está comigo. Não precisa deles também! – Ela lutou para se soltar do soldado que a segurava e se lançou contra Stabb. Ele a empurrou, falando com urgência em seu rádio. Jade caiu no chão, e dois dos guardas a arrastaram e a puseram de pé.

Chance gritava do outro lado da barreira.

– O que está acontecendo? Se você a machucar, Vishinsky, eu o mato!

– Jade... você está bem? – gritou Rich.

A risada de Vishinsky aumentou.

– Me matar? E como você vai fazer isso? – Ele se virou, fazendo um gesto para os guardas que seguravam Jade. Prendendo-a bem pelos braços, eles a levaram.

Ela se contorceu e lutou, mas não conseguiu se soltar. Só conseguiu olhar para trás e ver Rich e o pai contra a grade da barreira. Então, ouviu-se um matraquear de metralhadora e a grade ficou crivada de crateras onde as balas a atingiram. Jade piscou para tirar as lágrimas dos olhos e, quando conseguiu focalizar de novo a vista, viu que Rich e Chance tinham desaparecido.

24

Chance empurrou Rich para um lado e mergulhou para o outro. Uma fração de segundo depois, balas atingiram o portão gradeado onde Rich tinha estado.

O som dos disparos ainda ecoava pela passagem quando Chance se ergueu dando um salto para trás e investiu contra o guarda em frente a eles. O homem estava sem munição, tentando desesperadamente enfiar um novo pente na pistola automática. Atrás dele, apareceu outro guarda.

Rich berrou, mas Chance aparentemente não o ouviu. Com o ombro abaixado, ele avançou inclinado contra o primeiro guarda, jogando-o para trás em cima do guarda que acabara de chegar. O segundo guarda atirava. As balas atingiram seu colega e os dois caíram entrelaçados. Chance se jogou no chão quando os tiros do segundo guarda subiram. Assim que eles pararam, ele se levantou de novo, chutando o guarda enquanto arrancava a arma de suas mãos.

No silêncio repentino, Rich correu para se juntar a ele ao lado dos corpos dos guardas.

– E agora? – ele perguntou.

– Ache um lugar onde possamos nos esconder um pouco. Depois vamos pegar Jade e encontrar Vishinsky.

– Ah, tudo bem – disse Rich. – Vai ser fácil.

Stabb manteve o tempo todo a pistola apontada para Jade. Ela foi empurrada para a traseira da limusine de Vishinsky e não conseguiu deixar de sorrir ao pensar no que acontecera com o último carro dele.

Mas seu divertimento durou pouco, porque Stabb e Vishinsky entraram cada um de um lado dela, lembrando-a de que estava metida em apuros. Ela imaginava o que tinha acontecido com Rich e seu pai, mas não havia nada que pudesse fazer a não ser esperar que eles tivessem conseguido se safar. "Se alguém podia se livrar de situações difíceis, eram aqueles dois", ela pensou. Ela tinha de pensar positivo.

Guardas armados entravam aos montes em caminhões e jipes. Parecia que todos estavam deixando o enorme complexo. Será que isso queria dizer que Chance e Rich realmente estavam mortos? Como ela poderia descobrir?

– Abandonando o barco? – Jade perguntou a Vishinsky.

– Não inteiramente – respondeu o homem, sorrindo. – Vou deixar alguns guardas para manter as aparências. Mas também porque é bom tomar cuidado. E pode ser necessário fazer parecer que invasores entraram e sabotaram os sistemas e os oleodutos aqui.

– O que não seria muito plausível se houvesse um exército inteiro montando guarda – Jade se deu conta. – É por isso que você também está saindo: você pode precisar de um álibi.

– É improvável, mas possível – concordou Vishinsky. – Você vai gostar de ver meu castelo na encosta das montanhas Carnovianas. Ele antes era um forte de fronteira, que guardava a passagem da Ucrânia para nosso país. Não importa o que aconteça aqui, você estará bem segura lá, durante sua curta estada.

– Sua curtíssima estada – acrescentou Stabb. Ele e Vishinsky riram.

Os poucos guardas que foram mantidos no complexo estavam patrulhando o térreo. Das passarelas elevadas entre os tanques de armazenagem, Rich e Chance tinham visto o comboio de veículos, liderado pela limusine de Vishinsky, saindo pelos portões principais e deixando as instalações.

– Ele não quer ser encontrado perto da cena do crime – disse Chance.

– Você acha que ele levou Jade? – perguntou Rich.

– Acredito que sim. Não se preocupe. Vamos pegá-la de volta.

Eles consultaram o mapa e planejaram a parte seguinte de seu roteiro.

– Precisamos chegar até este ponto, os sistemas de bombeamento principais – disse Chance. – É onde os oleodutos principais convergem.

– Então é o ponto óbvio para Vishinsky contaminar todos os suprimentos de petróleo quando eles passarem por aqui.

– Exatamente.

Para chegar à principal instalação de bombeamento, eles tinham de descer até o térreo e cruzar uma ampla estrada que atravessava o centro do local. Ainda havia vários guardas patrulhando a estrada. Chance e Rich se esconderam nas sombras de um longo bloco de escritórios e observaram os guardas armados caminharem lentamente para um lado e para o outro da estrada.

– Temos mais dessas granadas de fumaça? – perguntou o jovem.

– Só uma. Estou guardando esta – Chance sorriu. – Nunca se sabe quando se pode precisar dela. De qualquer forma, não precisamos chamar a atenção; e isto vai fazer todos saírem correndo. – Ele pendurou a metralhadora no ombro, e Rich entendeu que, se ele tivesse de usá-la, usaria. – Todos eles parecem pensar que estamos mortos ou somos um problema dos outros. Vamos deixar as coisas como estão.

Eles seguiram até um ponto na extremidade da estrada, perto da cerca. Ali havia só um guarda, fora da vista de seus companheiros.

– Duvido que eles sintam falta dele por algum tempo – disse Chance. – Vá até lá e fale com ele.

– Será um prazer. – Rich riu e desceu da cobertura de um tanque de armazenagem, ficando plenamente visível. O guarda no início não o viu, então Rich acenou para ele.

O guarda olhou para ele desconfiado e levantou a arma. Rich acenou de novo, ainda rindo.

– Ok, você me pegou! – ele gritou. – Não posso ficar escondido para sempre. Venha. Pode pôr as algemas.

Com a arma ainda apontada para Rich, o guarda se aproximou. Tirou um rádio do bolso e o levantou lentamente para falar.

Mas antes de ele conseguir falar, Chance irrompeu da cobertura mais adiante na estrada e correu para o guarda, que se virou atônito. Ele viu Chance e entrou em pânico, deixando cair o rádio e a arma. Um tempo depois, o punho de Chance o atingiu e o guarda caiu como um tijolo na estrada.

Rich arrastou o guarda pelos pés para fora de vista e então ele e Chance seguiram para a estação de bombeamento. Parecia um enorme hangar de aviação, com canos e cabos convergindo para ele de todos os pontos do local. A entrada era um par de enormes portas duplas, que estavam abertas, e, dentro, Rich viu vários caminhões-tanque de petróleo. Ele e Chance caminharam devagar e com cuidado além dos grandes caminhões e, atrás deles, encontraram uma massa de canos e válvulas que se entrecruzavam como uma complicada árvore de Natal metálica. O complexo inteiro zumbia e vibrava à medida que o petróleo fluía pelos vários canos e válvulas.

– É tudo automatizado – explicou Chance. – Controlado por computador, para que a quantidade certa de petróleo dos oleodutos certos seja bombeada para os sistemas corretos e nas quantidades corretas no momento previsto.

– E é aqui que Vishinsky vai contaminar o petróleo?

– Em algum lugar por aqui. Só Deus sabe onde. Qualquer um desses canos pode estar preparado para jogar combustível contaminado no sistema inteiro.
– Então como vamos impedi-lo? – perguntou Rich.
– Não podemos. Não até sabermos que Jade está em segurança.
Rich pensou nisso:
– Você está dizendo que temos de salvar Jade, depois voltar e parar isso?
– Duvido que haja tempo. Ao primeiro sinal de problema, Vishinsky vai liberar o fluido contaminado. Ele só está esperando ter certeza de que vai estar bem longe daqui.
– Então, qual é o plano?
Chance estava vasculhando a mochila. Tirou uma caixa-preta com um interruptor e um mostrador, algo que Rich tinha se perguntado para que servia.
– Normalmente eu usaria isto – explicou Chance. – Basta prendê-la na válvula ou no oleoduto certo e, quando ela for ligada, vai detectar a vibração. Dispara uma pequena carga explosiva. O suficiente para romper o cano e provocar a combustão do combustível que está lá dentro.
Rich assobiou:
– Uma senhora explosão.
– Suficiente para destruir este lugar inteiro. Há medidas de segurança, como interrupção de energia, obturadores e coisas do gênero, para impedir que a explosão se propague pelos oleodutos. Mas certamente destruiria os estoques de combustível contaminado que Vishinsky tem aqui. O único

problema é... – Ele andou pelo enorme arranjo de canos e pôs a mão sobre um deles. – Sinta isso.

Rich se aproximou e pôs a mão no cano. Sentiu-o tremer e sacudir.

– Já está vibrando.

– Eu esperava que pudéssemos prendê-la ao combustível contaminado de Vishinsky e que ela disparasse quando ele começasse a transferi-lo para os sistemas. Mas não sabemos de qual cano precisamos, e há tanto combustível passando por tantos canos que tudo poderia explodir de imediato. Precisamos dar um jeito de detoná-la nós mesmos.

– De preferência quando não estivermos aqui – observou Rich. Ele pegou o celular que Ralph lhe dera. – Quem sabe seu amigo Ralph consegue ajudar?

Chance pegou o celular.

– Rich – ele disse –, você é um gênio. Mas não é Ralph quem vai explodir completamente este lugar. Agora só precisamos de um jeito de entrar na fortaleza de Vishinsky. Duvido que uma aproximação sutil funcione.

– Que tal um deles? – Rich apontou para os caminhões-tanque de petróleo estacionados ao lado.

Chance considerou a ideia, depois disse:

– Acho que um desses não vai servir. Precisaríamos de algo muito mais duro, mais pesado e robusto. Alguma outra sugestão? – Ele se voltou em direção aos oleodutos, obviamente não esperando obter uma resposta.

– Que tal um tanque? – perguntou Rich.

No edifício fortificado central do antigo forte de fronteira, Vishinsky esfregava as mãos com satisfação. A sala era seu centro de controle, com conexões de computador para seu vasto império empresarial espalhado pelo mundo.

Uma bancada de monitores quase enchia uma das paredes, destoando da pedra grosseira atrás deles. Vários mostravam gráficos dos sistemas de bombeamento na instalação principal. Um deles exibia um panorama de todo o complexo, transmitida por uma câmera de segurança instalada no perímetro. Outro mostrava uma vista do portão principal do castelo, depois de um lance de escadas vazio, seguido por guardas patrulhando os antigos bastiões; os monitores mudavam constantemente enquanto alternavam as imagens de diferentes câmeras.

Jade estava de pé no fundo da sala, observando. Stabb estava bem ao lado dela. Não lhe apontava mais uma arma, pois no lugar havia tantos guardas armados que a garota não tinha nenhuma chance de escapar. Como tudo saíra conforme o planejado por Vishinsky, ela não tinha dúvida de que ele a mataria. Jade olhava para a imagem da principal instalação da KOS na tela, procurando algum sinal de que seu pai e Rich estivessem lá, mas, afora um único caminhão-tanque de petróleo saindo da instalação, havia pouco sinal de vida.

Um técnico sentado à bancada de monitores se virou para falar com Vishinsky, que balançou a cabeça, evidentemente satisfeito.

– Tudo pronto! – gritou Vishinsky para Stabb e Jade. – Em pouco tempo, podemos iniciar a sequência de computação que vai liberar nosso petróleo contaminado no sistema de oleodutos. E em algumas horas ele estará fluindo pela Europa. Ninguém vai saber de onde veio nem aonde chegou. Não até perceberem que seu precioso combustível não funciona ou é... instável. Agora nada pode parar o processo.

– Meu pai vai impedi-lo – retrucou Jade. – Você ainda não ganhou.

– O papaizinho vem ajudar? – disse Stabb. – Do além-túmulo?

– Mesmo que por algum milagre ele ainda esteja vivo, não há nada que ele possa fazer – Vishinsky garantiu a Jade.

Um dos guardas correu até Stabb e falou afobado com ele em russo. Jade não tinha ideia do que ele dissera, mas Stabb correu para os controles dos monitores e mexeu neles furiosamente.

– Nem nada que você possa fazer. Você pode ter mandado Magda para o hospital, mas agora está completamente sozinha – dizia Vishinsky. – Ninguém pode ajudá-la. Ninguém virá salvá-la.

– Talvez você queira dar uma olhada nisto – disse Stabb. De repente ele pareceu nervoso. A tela acima deles mudou de uma tomada do interior do pátio da fortaleza para uma vista do portão principal. Uma estrada estreita serpenteava pela encosta da montanha, da fortaleza até o vale abaixo, e, avançando inabalavelmente pela estrada, seguindo diretamente para o portão principal, via-se um grande tanque.

Jade quase gritou de emoção. Seus olhos se encheram de lágrimas de alegria quando viu a torre girar, o canhão subir e apontar direto para a câmera. Viu-se uma luz forte e a tela se apagou.

Nesse instante, toda a sala se sacudiu quando o pesado tanque investiu contra a antiga construção fortificada do portão principal. As luzes piscaram e caiu poeira do teto. Vários monitores apagaram. Stabb gritava, fazendo gestos para que os guardas saíssem da sala.

Uma das telas apagadas piscou e voltou a exibir a imagem, mostrando o tanque amassado e danificado atravessar o portão principal em direção ao castelo. Estava coberto de blocos de pedra e destroços que tinham caído nele quando a construção da entrada desmoronara. Não parecia que ia se mover de novo, mas a escotilha da torre estava aberta.

De fora veio o som de disparos de metralhadora.

Rich corria sobre as lajes irregulares do calçamento do pátio principal do castelo. Tinha uma tarefa a cumprir. Precisava chegar aonde Jade estava. Chance atraía o fogo dos guardas, levando-os para longe da torre principal, onde Ralph dissera que Vishinsky tinha seu centro de controle.

O caminho estava desimpedido, mas Rich teve de desviar dos destroços dos danos causados pelo tanque e também da fumaça da última granada. Ele viu as sombras escuras dos guardas passando por ele aos tropeções no escuro e esperou que estivesse na direção certa.

De fato, ele encontrou a escada para subir até a torre principal, cujas portas de metal estavam abertas. Dentro havia uma pequena antecâmara e logo depois ele chegou aos fundos do centro de controle. A atenção de todos parecia estar nas telas na outra extremidade da sala. Uma delas mostrava a instalação de petróleo da qual Rich e o pai tinham escapado pouco antes. A maioria das outras mostrava imagens das câmeras de segurança da fortaleza. Em uma delas, Rich viu o pai passar correndo, depois parar, se virar e atirar direto na câmera.

Quando a tela escureceu, houve um grito de exultação vindo de perto e Rich viu Jade. Ela estava a menos de dez metros dele. Rich se aproximou.

Então o metal frio do cano de uma arma encostou em sua bochecha.

– Procurando por mim? – perguntou o senhor Stabb.

Vishinsky estava parado na frente dos monitores. Olhou para Rich e Jade com evidente repulsa.

– Eu devia matar vocês dois agora – ele disse. – Só lamento que seu pai não possa testemunhar isso.

– Ele vai se render se souber que você está conosco. Se você prometer que vai nos deixar ir embora – disse Rich. – Você pode ligar para ele no celular. É assim que eu devo informar a ele que estamos seguros. Mas ele provavelmente não acreditaria em você. – Ele se virou e piscou para Jade, esperando que ela percebesse que ele sabia o que estava fazendo. Esperando que Vishinsky ou Stabb não visse.

Vishinsky olhava para os dois com os olhos apertados.

– Que prazer seria isso – ele disse em voz baixa. – O prazer de deixá-lo ver vocês morrerem. – De fora vieram o matraquear de mais tiros e depois uma explosão. Agora parecia mais próximo.

Vishinsky pegou seu celular e o abriu.

– Senhor Stabb, inicie o processo.

Outra explosão, bem do lado de fora.

Stabb apertou um botão no console principal e uma tela de monitor acima mostrou um grande 20.

Vinte minutos, talvez? Mas as esperanças de Rich foram esmagadas quando o 20 se tornou 19. Depois 18...

– Qual é o número do telefone? – exigiu Vishinsky.

17

Jade sacudiu a cabeça:

– Não diga a ele, Rich.

16

– Diga, senão o senhor Stabb vai atirar na perna de sua irmã – disse Vishinsky.

15

– Diga-me, e vai ser rápido para ela, pelo menos – ele acrescentou.

14

– Eu prometo.

13

– Rich, por favor... – pediu Jade. – Não...

12

Rich apertou a mão dela.

11

E disse a Vishinsky o número do telefone.

10

Vishinsky o digitou em seu telefone.

9

Lá fora o tiroteio estava ainda mais próximo. Alguém gritou.

8

Vishinsky aproximou o telefone do ouvido.

7

Ele ria.

6

– Senhor Stabb – disse Vishinsky –, vou lhe dizer quando. – E fez um gesto para Rich e Jade, que estavam à sua frente.

5

Rich ouviu o som do telefone se conectando. Mesmo com todo o tiroteio, ele conseguiu ouvir o som rítmico do tom.

4

A arma de Stabb estava apontada direto para Rich quando a contagem regressiva chegou a:

3.

25

– Nenhuma resposta – disse Vishinsky. – Ainda não.
– Ele não vai nem atender – disse Jade.
A contagem regressiva chegou a 2.
– Ela está certa – disse Rich calmamente.
1.
– Sabe, esse não era o número do telefone do papai.
O grito de alarme de Stabb atraiu a atenção de Vishinsky para os monitores. Não estava claro se o homem ao menos ouvira o que Rich estava dizendo.
– É o número de um telefone que me deram – dizia Rich. – O papai e eu o deixamos em sua estação de bombeamento, preso a um explosivo que pode detectar o menor movimento, configurado para vibrar.
No monitor, um inferno explodiu pela estação de bombeamento da KOS. Uma bola de fogo silenciosa engoliu os edifícios centrais. As telas apagaram.
Vishinsky e Stabb correram para a janela. Ao longe, o céu brilhou em uma cor de laranja sobrenatural enquanto

os tanques de armazenagem de petróleo explodiam um após o outro em uma cadeia de fogo sobre a estação de bombeamento.

– Ao ligar para esse número – disse Rich –, você detonou a bomba.

– Os oleodutos estão desabando! – gritou Stabb acima do ruído e da confusão. Ele olhou para Vishinsky. – As medidas de segurança estão sendo acionadas. Não há nenhuma maneira de seu petróleo ser liberado agora, mesmo que uma parte dele tenha escapado dessa explosão.

O barulho estava aumentando, um ruído regular de som vindo de fora, como um enxame de insetos gigantes atacando. Stabb trocava freneticamente as vistas nos monitores. A maioria deles estava cheia de fumaça e fogo. Finalmente, ele encontrou uma vista mais clara do topo da fortaleza. Olhou para ela e soltou um palavrão. Olhou para Rich, virou-se e saiu correndo da sala.

– Stabb! – Vishinsky gritou para ele. – Stabb, aonde você vai?

Vishinsky disparou para o monitor. A imagem na tela deu um *zoom* em formas escuras na distância... helicópteros.

– Esperando convidados? – Rich perguntou a Vishinsky.

O homem não respondeu. Enfiou a mão no bolso e começou a sacar uma pistola, mas antes de conseguir manejá-la Jade deu um chute, atingindo-o no estômago. Ele se dobrou de dor e Rich o esmurrou no rosto. A pistola saiu voando, fora de alcance.

– Vamos – disse Rich. Agarrou a mão de Jade e eles se viraram em direção às portas. Mas antes de chegarem lá, Vishinsky os impediu, derrubando os dois. Com um rugido, ele puxou uma arma do chão para perto e a agarrou. Agora estava de pé entre os garotos e as portas, apontando para eles com a pistola automática.

– Vocês podem ter adiado meus planos – ele rosnou –, mas agora vão pagar por isso. – Seu dedo apertou o gatilho.

Ele mal teve tempo de registrar o que o atingiu. A massa sólida de um ex-soldado das Forças Especiais atingiu Vishinsky por trás, fazendo-o cambalear e escorregar para a frente.

– Cavalaria chegando – anunciou Chance.

Jade e Rich mergulharam no chão quando Vishinsky atirou. As balas passaram por cima da cabeça deles. Jade se levantou e saltou em direção a Vishinsky. Pulou com os dois pés juntos, batendo nele e fazendo-o voar. Quando Vishinsky cambaleou para trás, Rich agarrou sua perna e puxou com força.

Vishinsky tropeçou, a arma ainda disparando. As balas atingiram as telas dos monitores e a mesa de controle. As telas explodiram e os cabos chiaram e soltaram faíscas. Vishinsky caiu sobre o console e deu um grito.

A arma caiu no chão, e as costas de Vishinsky se arquearam quando os cabos desencapados pelos tiros entraram em contato. Por um momento, todo o corpo dele foi banhado em uma luz azul-clara. Então ele desabou para trás em uma explosão de faíscas e fogo e ficou inerte.

– Tudo o que é bom um dia acaba – disse Chance. – E o que é ruim também, ao que parece.

Eles correram para a janela para ver três helicópteros pretos pairando sobre o pátio da fortaleza. Figuras vestidas de preto desciam rapidamente por cordas até o chão. O ar foi rasgado pelo som de novos tiros.

Quando Rich, Jade e Chance desciam a escada da sala de controle principal para a antecâmara, as portas atrás deles foram fechadas.

– Parem aí – disse Stabb. – Virem-se lentamente.

Chance soltou um suspiro.

– Prontos? – ele sussurrou.

E Rich e Jade balançaram a cabeça.

Então eles se viraram lentamente para encarar Stabb. Ele estava a uns cinco metros deles, com uma arma apontada para Chance.

– Você vai me tirar daqui – ele exigiu.

– Não – disse Chance. – Nós vamos sair agora. – E se virou lentamente outra vez.

De olhos arregalados, Stabb deu um passo à frente, empurrando a arma nas costas de Chance.

– Olhe para mim! – ele berrou.

Mas sua atenção estava toda em Chance. Ele não viu o pé de Jade subindo até a arma. Não percebeu o punho de Rich vindo em sua direção.

Os dois o atingiram ao mesmo tempo. A pistola pulou pelo chão. Stabb deu um grito de surpresa, que se tornou um gemido de dor quando o punho de Rich lhe atingiu o estômago. Ele se dobrou e logo recebeu um gancho que Chance lhe deu no queixo quando ele voltou para trás. Stabb desabou de costas, batendo forte no chão de pedra. Um gemido baixo escapou de seus lábios, e ele perdeu a consciência.

Chance se inclinou e puxou algo do bolso do peito do homem inconsciente. Um isqueiro prateado.

– Acho que isto é meu – ele disse em voz baixa.

26

O som dos tiros e das explosões do lado de fora tinha quase cessado. Foi substituído pelo som de alguém gargalhando. Era Ardman. Estava com um dos braços em uma tipoia e tinha um grande molde de gesso em um dos lados da cabeça. Além dele, Rich e Jade viram figuras em roupas de camuflagem escuras se deslocando rapidamente pelas ruínas da fortaleza, cercando os guardas sobreviventes de Vishinsky.

– Eu esperava poder dar alguma ajuda – disse Ardman –, mas vocês parecem estar controlando tudo muito satisfatoriamente, e meu pessoal me disse que vocês não deixaram muita coisa para eles fazerem aqui. – Ele balançou a cabeça em direção ao pátio do castelo.

– Bem, se você insiste em chegar logo depois da hora H – disse Chance, rindo.

– Qualquer coisa por um velho amigo. Ah! E o senhor Halford envia recomendações. Mandei algumas pessoas recolhê-lo e levá-lo para casa. Parece que ele se esqueceu de trazer o passaporte e pode haver algumas formalidades que precisam ser cumpridas.

— Você já providenciou tudo, tenho certeza — disse Chance. — Devo supor que vocês três já se conhecem?

— Já nos vimos — informou Jade enquanto Ardman os levava para fora da torre principal até onde um helicóptero estava parado, em uma das poucas áreas niveladas que restara dentro das muralhas da fortaleza.

— Tomamos um chá juntos no Clarendorf — disse Rich.

— Foi um pouco conturbado, por isso não tivemos tempo de deixar gorjeta — explicou Jade.

— Eu imagino que Ardman tenha feito isso — disse Chance —, fossem quais fossem as circunstâncias.

Ardman estava parado ao lado do helicóptero. Olhou para eles três achando graça.

— Então — disse Ardman —, além de garantir uma educação adequada, um lugar para merecidas férias e uma viagem segura de volta para casa, há algo mais que eu possa fazer por vocês?

Chance olhou para Jade e Rich. Rich e Jade olharam para o pai.

John Chance sorriu e puxou Rich e Jade para um abraço, ao lado do helicóptero que os esperava.

— Não, obrigado — disse Chance a Ardman enquanto abraçava forte os filhos. — Eu já tenho tudo de que preciso.